中国共产党人早期诗文选

◉ 诗歌

李继凯 王奎 编

陕西新华出版传媒集团
太白文艺出版社

图书在版编目（CIP）数据

中国共产党人早期诗文选. 诗歌 / 李继凯，王奎编. -- 西安：太白文艺出版社，2020.7（2025.1重印）
ISBN 978-7-5513-1175-5

Ⅰ.①中… Ⅱ.①李… ②王… Ⅲ.①诗集－中国－现代 Ⅳ.①I216.1

中国版本图书馆CIP数据核字(2020)第078287号

中国共产党人早期诗文选·诗歌
ZHONGGUO GONGCHANDANGREN ZAOQI SHIWENXUAN·SHIGE

作　　者	李继凯 王 奎
责任编辑	蒋成龙
整体设计	新纪元文化
出版发行	太白文艺出版社
经　　销	新华书店
印　　刷	天津旭丰源印刷有限公司
开　　本	787mm×1092mm 1/16
字　　数	397千字
印　　张	22.75
版　　次	2020年7月新1版
印　　次	2025年1月第5次印刷
书　　号	ISBN 978-7-5513-1175-5
定　　价	39.80元

版权所有　翻印必究
如有印装质量问题，可寄出版社印制部调换
联系电话：029-81206800
出版社地址：西安市曲江新区登高路1388号（邮编：710061）
营销中心电话：029-87277748　029-87217872

编撰说明

一、本诗文选分诗歌卷、散文卷，共2册。收录中国共产党人早期创作的诗文，时限为1919年至1937年。

二、本诗文选收录中国共产党人早期诗文包括已经正式发表的和未正式发表的重要作品。作品具有原创性、思想性和文学性。

三、本诗文选收录与诗文有关的文献资料，其重要的背景介绍、诗文鉴赏择要选编作为注释。所有的注释一律采取规范的文末注。

四、严格考证，认真甄别所搜集的诗文，并将所选诗文作品详注出处或来源。诗文中有创作时间的，统一载明于篇名下方。

五、对诗文作者配以个人生平简介，对其文学创作活动有所说明。

六、尽可能保留原作及相关文献的原貌，以期体现时代特征。在编选过程中，编者将原竖排繁体文献改为横排简体，其中有少量残损文字用"□"代替。

七、所选诗文以共产党人姓氏拼音为序排列。

目录

蔡和森　少年行——北上过洞庭有感／1
　　　　诗一首／2
蔡会文　浪淘沙·突围行军纪事／3
　　　　好事近·渡桃江／4
蔡济黄　无题／5
蔡上林　遗怀／6
曹亚范　无题／7
车耀先　自誓诗（四首）／8
陈伯钧　观雪忆往事／9
陈　昌　诗一首／10
　　　　筑路歌／10
陈独秀　题刘海粟作《古松图》／12
　　　　丁巳除夕歌／12
　　　　答半农的《D——！》诗／13
陈国桢　台湾志士蒋渭清晦迹鹭门被逮　无力申雪书此寄慨／17
　　　　除夕同台湾同志登汶阳山／18
陈洪涛　为男志在革命／19
陈勉恕　岁月如飞轮／20
陈企霞　悼／21
陈浅伦　《孤灯》发刊词／23
　　　　狱中诗／24
陈寿昌　遗诗二首／25

陈潭秋　五一纪念歌 / 26
陈望道　送吴先忧女士欧游 / 27
　　　　罢了 / 28
陈为人　劳动歌 / 29
陈逸群　被捕 / 30
陈　毅　赣南游击词 / 31
　　　　梅岭三章 / 33
陈毅安　答未婚妻 / 35
陈赞贤　悼盟兄曾懋光三绝 / 37
　　　　无题 / 38
程晓村　不要懊悔 / 39
　　　　无题 / 40
邓恩铭　前途 / 41
　　　　平权 / 41
　　　　江城子 / 42
邓　拓　狱中诗 / 43
　　　　自题《南冠草》/ 44
　　　　出狱 / 45
邓雅声　寄《中国青年》记者 / 46
　　　　绝命词 / 47
邓中夏　过洞庭 / 48
　　　　胜利 / 49
丁　玲　给我爱的 / 50
董必武　冬夜有怀张眉宣 / 54
董毓华　暮春杂感怀念陈博同志 / 56
方　方　述怀 / 57
　　　　纪念庄淑珍烈士 / 57
方维夏　和孔昭绶校长 / 59
方志敏　哭声 / 60
　　　　我的心 / 61
　　　　诗一首 / 62
冯　铿　和友人同访死友的墓 / 63
　　　　幻 / 64

冯乃超	哀唱 / 66	
	好像 / 68	
	与街上人 / 69	
冯雪峰	日影已在山冈飞去 / 71	
	你纵不能为我而停工作 / 72	
	愿良人早点归来 / 73	
冯毅之	我劝你 / 75	
冯志刚	浪潮歌 / 77	
高孤雁	告劳动者 / 78	
	读鲁迅《呐喊》/ 79	
高敏夫	母亲的诗，我的笔（节选）/ 80	
	我也是西子湖边的飞将 / 81	
古大存	大刀情——致彭湃 / 85	
	万钧重任我担当 / 85	
	向八乡山革命根据地进军 / 86	
古公鲁	漂泊 / 87	
古宜权	追悼烈士歌 / 88	
关　露	太平洋上的歌声（节选）/ 89	
	娜达姑娘 / 90	
关向应	征途 / 94	
关泽恩	诗一首 / 95	
郭沫若	力的追求者 / 96	
	太阳没了 / 97	
	上海的清晨 / 98	
郭石泉	榴花 / 100	
	蜡梅 / 100	
郭一清	歌词 / 102	
	七言诗 / 102	
何孟雄	狱中题壁 / 103	
何世昌	绝命词 / 104	
	骂劣绅 / 105	
何叔衡	赠夏明翰 / 106	
	诗一首 / 107	

3

何挺颖	寄谢左明 / 108	
	再寄谢左明 / 109	
贺锦斋	浪淘沙 / 110	
	西江月 / 111	
侯大风	暴动歌 / 112	
胡　灿	七言诗 / 114	
	给妻子的诗 / 115	
胡福田	狱中诗 / 116	
胡　筠	诗一首 / 117	
胡乔木	挑野菜 / 118	
胡也频	恐怖的夜 / 120	
	暴雨之来 / 121	
	别曼伽 / 122	
黄　诚	亡命 / 124	
黄日葵	小诗二首 / 125	
	天意不容闲 / 126	
黄药眠	拉车曲 / 127	
	囚徒之春 / 128	
	赠东堤水上歌者 / 129	
黄治峰	诗一首 / 132	
吉鸿昌	进攻多伦训誓 / 133	
	就义诗 / 134	
蒋光慈	哀中国 / 135	
	海上秋风歌 / 137	
	哭孙中山先生 / 138	
江上青	冷漠的世界 / 141	
	心脏的拥抱 / 142	
	血的启示——悼死难的战士 / 143	
柯仲平	莫懒惰呀莫疏忽 / 144	
	白马与宝剑——情曲中之一 / 145	
	赠爱人 / 147	
蓝飞鹤	无题 / 149	
	绝命诗 / 149	

冷少农	我们的将来 / 150	
李伯钊	两大主力会合歌 / 151	
李贯慈	哭辽东 / 152	
李鸣珂	就义词 / 153	
李少石	寄内 / 154	
	寄母 / 154	
李司克	Vector——给我念念不忘的测苇 / 156	
李慰农	游采石乘轮出发 / 158	
李延平	游击队 / 159	
廖承志	戴枷行万里 / 160	
林伯渠	郴衡道中 / 161	
林 青	热血 / 162	
	悼亡妹 / 162	
林育南	龟蛇吟 / 164	
刘伯坚	带镣行 / 165	
	移狱 / 166	
刘铁之	诗一首 / 167	
刘象明	宝塔诗 / 169	
刘志丹	初识榆林 / 170	
	登镇北台 / 170	
刘自兴	寻乌山歌 / 171	
龙大道	狱中 / 173	
	天柱峰 / 173	
卢宝炫	诗一首 / 175	
陆定一	长征歌 / 176	
罗 烽	从黑暗中鉴别你的路吧 / 178	
罗世文	为《爝光》停刊（三首）/ 179	
罗学瓒	自勉 / 180	
	咏怀 / 180	
	随感 / 181	
罗章龙	初登云麓宫 / 182	
	新民学会成立大会 / 183	
吕振羽	悼孙中山先生 / 184	

马立峰　石马／185

毛泽东　沁园春·长沙／186

　　　　采桑子·重阳／188

　　　　清平乐·六盘山／189

聂　耳　不敢谓之曰"诗"／190

聂永晖　题扇／192

欧阳立安　天下洋楼什么人造／193

欧阳梅生　试笔诗／194

潘汉年　怅惘／195

　　　　可怕的路／195

彭德怀　答黄公略／196

　　　　中国工农红军第五军布告／197

彭　湃　起义歌／198

彭友仁　何惊何畏——寄帝国主义者／199

　　　　死后的希望／200

蒲　风　扑灯蛾／201

　　　　咆哮／202

　　　　星火／203

钱杏邨　劳动者／205

　　　　九一八开篇／206

秦邦宪　夜醒／208

瞿秋白　赤潮曲／209

柔　石　无弦的琵琶／211

　　　　战／212

沈雁冰　我们在月光底下缓步／214

　　　　留别云妹／215

帅开甲　扫尽人间贱丈夫／217

宋铁岩　前进诗（节选）／218

谭寿林　土地革命山歌／219

陶　铸　狱中／221

田波扬　我要／222

田　汉　义勇军进行曲／223

　　　　一九三六年出狱闻聂耳在日本千叶海边溺死／224

田　间	到满洲去 / 225
	中国 / 226
	在大连湾上岸 / 227
涂正坤	梭镖亮亮光 / 230
	无题 / 231
汪石冥	牙刷柄题壁诗 / 232
王达强	勉励 / 233
	狱中题壁诗 / 233
王复生	悼黄庞两先生 / 235
	送英伯回滇 / 236
王干成	七绝 / 238
	临刑前的遗曲 / 238
王环心	雪晨 / 241
	狱中诗 / 242
王尽美	长江歌 / 243
	无情最是东流水 / 244
王若飞	狱中诗三首 / 245
王泰吉	壮志 / 247
	绝命诗 / 247
王孝锡	牺牲者的悲哀 / 248
	追悼北京死难烈士专号 / 249
	绝命词 / 250
王效亭	吊梅花小姐墓 / 252
王幼安	就义诗 / 253
韦拔群	跟列宁向前 / 254
魏文伯	岁寒心 / 255
	晚霞 / 256
伍若兰	如今世道太不公 / 258
伍中豪	寄友·咏志 / 259
夏明翰	江上的白云 / 260
	就义诗 / 262
夏　衍	残樱 / 263
向警予	溆浦县立女校校歌 / 265

　　　　　读谢代茜烈士日记手稿／266
肖次瞻　登观音山／267
肖　华　望井冈／268
　　　　　伤／269
　　　　　黄河之夜／270
萧楚女　寄孙问梅兼示泥清仲宣／272
萧　三　南京路上／274
　　　　　棉花／277
　　　　　八路军部队进行曲／281
谢觉哉　吴佩孚败走／283
　　　　　望江南・忆应惠兰／284
　　　　　天明始觉满身霜／285
熊亨瀚　亡命／286
　　　　　祢衡墓怀古／286
熊　雄　登巴黎铁塔／288
　　　　　哭亲诗三章／289
徐光霄　荒城／290
　　　　　风雪天的早市／291
徐迈进　囚徒歌／293
徐特立　校中百咏（节选）／295
许光达　打回老家去！／297
许瑞芳　农人的叹声／299
宣侠父　赠张之道／301
杨　度　《黄河》歌词／302
　　　　　湖南少年歌（节选）／303
杨开慧　偶感／304
杨鲍安　十一月既望泊舟星架坡港／305
　　　　　狱中诗／306
姚伯壎　离愁／307
叶剑英　雨夜衔杯／308
　　　　　满江红・香洲烈士／308
殷　夫　血字／310
　　　　　啊，我们踯躅于黑暗的丛林里／312

　　　　　别了，哥哥——算作是向一个 Class 的告别词吧！／314
恽代英　无题／317
　　　　　狱中诗／317
张爱萍　翻夹金山／318
　　　　　过草地／318
张锦辉　就义诗／319
张闻天　心碎（节选）／320
　　　　　西湖滨的早晨／323
　　　　　法郎克的舞蹈／324
赵一曼　滨江述怀／325
赵伊坪　这死亡紧贴在我们身上／326
赵祚传　狱中思母／329
　　　　　狱中感闻／329
周保中　怀想／330
　　　　　夜歌——记古城镇北沟日寇守备阵地袭击／331
周恩来　春日偶成／332
　　　　　大江歌罢掉头东／333
　　　　　生别死离／333
周立波　"饮马长城窟"／336
　　　　　牵引你的／337
周逸群　工农团结歌／340
　　　　　诗一首／341
朱　德　古宋香山书怀／342
　　　　　感时五首用杜甫《诸将》诗韵（选二）／343
　　　　　秋兴八首用杜甫原韵（选三）／343
邹　努　歌谣／345

后　记／347

蔡和森

蔡和森（1895—1931），湖南双峰人。1921年加入中国共产党，长期主办中共机关刊物《向导》。1922年参与起草中共二大宣言，10月任中共驻共产国际代表。1927年当选为中央政治局委员。1931年因叛徒出卖在香港被捕，于广州英勇就义。蔡和森是中国共产党早期卓越的领导者，杰出的马克思主义理论家、宣传家和社会活动家。

少年行[1]
——北上过洞庭有感
（1918年6月）

大陆龙蛇起，乾坤一少年。
乡国骚扰尽，风雨送征船。
世乱吾自治，为学志转坚。
从师万里外，访友人文渊。[2]
□□□□□，□□□□□。
匡复有吾在，与人撑巨艰。
忠诚印寸心，浩然充两间。
虽无鲁阳戈，庶几挽狂澜。[3]
凭舟衡国变，意志鼓黎元。
潭州蔚人望，洞庭证源泉。[4]

萧三主编：《革命烈士诗抄》，北京：中国青年出版社，2015年版，第68页。

【注释】

1. 此诗为蔡和森同志在1918年6月离开长沙去北京，过洞庭湖时有感而作。当时国内各派政治力量斗争激烈，他满怀救国热情，受新民学会委托，远赴北京联络赴法勤工俭学事宜，以深入了解俄国和欧洲革命的真实情况。

2. 从师：指作者访问他的老师杨昌济先生。人文渊：指北京是人文渊薮，即人文聚集的地方。

3. 鲁阳戈：形容使敌人倒退。这句是说虽然没有像传说中楚人鲁阳一样，拥有挥戈使时间倒转的力量，但希望能力挽狂澜，平定混战局面。

4. 这句是说长沙的"新民学会"等进步团体人才济济，为青年所仰望，有深厚的群众基础。

诗一首[1]

  君不见，武王伐纣汤伐桀，革命功劳名赫赫。
  又不见，詹姆斯被民众弃，查理士死民众手，
  路易十四招民怨，路易十六终上断头台。
  俄国沙皇尼古拉，偕同妻儿伴狗死。
  民气伸张除暴君，古今中外率如此。
  能识时务为俊杰，莫学冬烘[2]迂夫子。

萧三主编：《革命烈士诗抄续编》，北京：中国青年出版社，1982年版，第123页。

【注释】

1. 这首诗是蔡和森同志于1918年初写的。他用古今中外很多历史人物和典故，说明人民群众是真正的英雄，革命人民的力量是不可抗拒的。

2. 冬烘：糊涂懵懂，迂腐浅陋。

蔡会文

蔡会文（1908—1936），湖南攸县人。1926年加入中国共产党。1928年8月任红四军军官教导队党代表。1934年10月，红军主力长征后，任赣南军区司令员，留在中央苏区开展艰苦的游击战争。1936年在湖南桂东负伤牺牲。著有《我的家乡》《突围行军纪事》《三军心似铁》等。

浪淘沙·突围行军纪事[1]
（1935年3月）

料峭[2]春寒浓，
强敌跟踪，
夜行山谷月朦胧。
林密坑深惊敌胆，
莫辨西东。

血染遍山红，
士气豪雄，
餐风饮露志若虹。
倦卧茅丛石作枕，
若醉春风。

毛秉华主编：《井冈山诗词选》，南昌：江西人民出版社，1990年版，第11页。

【注释】

1. 此为1935年春蔡会文率领赣南军区所属部队突围，由中央苏区向南岭转移，突破敌人重重围追堵截之后，进入信赣公路附近稍作休整期间所作，气势豪迈昂扬。红军战士在艰苦险恶的环境中斗争，用生命和鲜血谱写壮歌，表现出坚强的革命意志和革命乐观主义精神。

2. 料峭：形容微微寒冷，多指刚入春时的寒冷。

好事近·渡桃江
（1935 年 3 月）

三月渡桃江[1]，江水滔滔不绝。
休道人饥马乏，三军心似铁。

过关斩将敌胆寒，破贼围千叠。
指顾油山[2]在望，喜遂风云合。

毛秉华主编：《井冈山诗词选》，南昌：江西人民出版社，1990 年版，第 10 页。

【注释】
1. 桃江：发源于全南县境内最高峰饭池嶂主峰，属赣江的二级支流。
2. 油山：位于江西省赣州市信丰县西北部。油山是革命老区，是当年中央红军赣粤边三年游击战争的中心区域。

蔡济黄

蔡济黄（1906—1928），湖北麻城人。1923年参加了秘密的"马克思主义研究小组"，组成"抵制日货委员会"。1926年秋任中共麻城特支书记，建立各级党组织和农民协会。次年担任麻城县委书记，参与组织"黄麻起义"。1928年在麻城林店河就义。

无 题[1]

（1927年）

明月照秋霜，今朝还故乡。
留得头颅在，雄心誓不降。

萧三主编：《革命烈士诗抄》，北京：中国青年出版社，1959年版，第21页。

【注释】

1. 1927年，蔡济黄作为黄麻特委委员参与组织了著名的"黄麻起义"，遭敌重兵突袭后，率军转移到黄陂区的木兰山，奉命就地坚持斗争。敌人严设关卡，到处搜捕他们。在艰难转战的征途中，蔡济黄作此诗，表明对革命忠诚不渝的决心和视死如归的悲壮情怀。

蔡上林

蔡上林（1898—1932），湖南华容人。1925年加入中国共产党。次年担任华容县农民协会执行委员、石首中心县委委员兼游击队负责人。1931年任中共湘鄂西临时省委特派员，领导天门、汉川两县的革命斗争。1932年因积劳成疾，病逝于监利县。

遗　怀[1]

雄心射越[2]三千丈，未达成功哪肯休！
尝遍穷愁生死味，淡然过去乐无忧。

李克寒选编：《革命烈士诗词精选》，北京：中国广播电视出版社，1990年版，第107页。

【注释】

1. 此诗是蔡上林1931年在湖北天门、汉川两县领导革命斗争时所作。时值敌人重兵围剿湘鄂西苏区，战斗频繁。诗歌表达了革命战士不畏艰难，为革命事业奋斗不息的决心、不屈不挠的意志和积极的革命乐观主义精神。

2. 越：指钱塘江潮头。相传杭州一带的海潮冲击堤岸，吴越王钱镠使弓箭手用强弓射潮头，与海神交战。这里指决心与敌人做英勇斗争，用传说来表现现实中轰轰烈烈的革命斗争。

曹亚范

曹亚范（1911—1940），北京人。1931年春加入中国共产党。1933年11月任中共和龙县委书记。自1935年起任东北抗日联军指挥官，在战场上奋勇杀敌，打击日本侵略者。1940年4月8日，在濛江县（今靖宇县）龙泉镇被害。

无 题

骏马似风飙，挟弓佩大刀。
黑龙静黑水，黄河看黄苗。
昏天复地义，瞑目捉人妖。
阵解锋芒露，营空千秋豪。

庞绍彩著：《数风流诗集》（第3卷），香港：香港天马图书有限公司，2008年版，第50页。

车耀先

车耀先（1894—1946），四川大邑人。1929年加入中国共产党，后任中共川西特委军事委员。九一八事变后从事抗日救亡运动，一生追求真理，曾大力提倡平民教育和抗日救国。1940年与罗世文被国民党特务逮捕，1946年8月18日殉难于重庆。

自誓诗[1]（四首）

幼年仗剑怀佛心，放下屠刀求真神。
读破新旧约千遍，宗教不过欺愚民。

投身元元无限中，方晓世界可大同。[2]
怒涛洗净千年迹，江山从此属万众。

不劳而食最可耻，活己无能焉活人。[3]
欲树真理先辟伪，辟伪方显理有真。

喜见东方瑞气升，不问收获问耕耘。[4]
愿以我血献后土，换得神州永太平。

萧三主编：《革命烈士诗抄》，北京：中国青年出版社，2011年版，第138页。

【注释】

1. 这四首诗，是车耀先同志在参加革命初期所作。他早年信仰过基督教，后来发现帝国主义利用宗教欺骗民众，现实使他认识到只有共产党才能救中国。于是集合有爱国热情的中国教徒，创立了"中华基督教徒改进会"。

2. 第二首写作者投身为国奋斗的革命事业中。元元：指人民群众。

3. 坚定共产主义信仰，寻求救国救民的真理，与反动言论做斗争。

4. 中国共产党的成立，给革命带来了希望，欣喜之情跃然纸上，表达了甘愿献身祖国的豪情壮志。

陈伯钧

陈伯钧（1910—1974），原名陈国懋，字少达，号稚勉。四川达县人。1927年5月在咸宁前线加入中国共产党。参加了中央革命根据地历次反"围剿"，率部长征，参与抗日。1955年被授予上将军衔。"文革"期间被诬陷批斗，1974年2月不幸逝世。

观雪忆往事[1]

（1935年9月30日作于中阿坝）

夜来北风起，大地全变色。
朔方夷民居，八月就飞雪；
北望奔波者，衣食现可缺！[2]
南视平夷地，捷音何时得？[3]
悲我孤独身，深锁漠之野！
嗟彼太上苍，何时观日月？

解放军红叶诗社选编：《长征诗词选萃》，北京：解放军文艺出版社，2006年版，第75页。

【注释】

1. 这首诗是陈伯钧在长征后期所作。1935年，他任红四方面军第九军、第四军参谋长时，因反对张国焘分裂党和红军的活动，受到迫害。虽已被免职下放到中阿坝，陈伯钧依然心系红军战士和革命情势。
2. 想念红一方面军率先北上的战友们，担心他们生活艰难。
3. 盼望听到南方坚持游击战争的同志的捷报。

陈昌

陈昌（1894—1930），湖南浏阳人。1917年加入"新民学会"，投身马克思主义宣传活动。1921年加入中国共产党，并与夏明翰等人在浏阳开展新文化运动。1924年，任中共湖南省委委员，随后参加北伐战争、南昌起义等革命活动。1930年1月在澧县英勇就义。

诗一首[1]
（1928年除夕）

壮志未酬身尚健，豺狼当道志弥坚。
鸡鸣起舞迎新岁，披衣秉剑划长天。

萧三主编：《革命烈士诗抄续编》，北京：中国青年出版社，1982年版，第83页。

【注释】
1. 1928年，陈昌在浏阳从事地下活动时被捕，经群众营救脱险，在避难途中作此诗。表达了对国家、民族前途命运的关切及投身革命事业的坚定斗志和豪迈气概。

筑路歌[1]

修我们的马路，
贯彻我们的精神。
怕什么寒和暑，
雨和风，
拿起我们的锄头、铲子，
快快来做工！
怕什么高和低，
土和石，
凡阻挠我们的，
都要把它铲平！

大家起来，大家起来，
做一个真正的劳工！

长沙革命烈士传编纂委员会主编：《长沙革命烈士诗词书信选集》，长沙：湖南大学出版社，1987年版，第24页。

【注释】

1. 1921年冬，作者到浏阳开展革命工作，任训育主任，这首歌词是1922年他组织修筑环校马路时所作。

陈独秀

陈独秀（1879—1942），字仲甫，号实庵。安徽怀宁人。新文化运动的发起者，中国共产党重要的创始人。1921年7月在中共一大被选为中央局书记。因成立托派组织，1929年11月被开除党籍。1942年5月逝世。主要著作收入《独秀文存》《陈独秀文章选编》《陈独秀思想论稿》等。

题刘海粟作《古松图》[1]

黄山孤松，不孤而孤，孤而不孤。
孤与不孤，各有其境，各有其图。[2]
此非调和折中于孤与不孤之间也，题奉海粟先生　独秀

陈独秀著：《陈独秀诗存》，合肥：安徽教育出版社，2006年版，第179页。

【注释】

1. 刘海粟，当代著名绘画艺术大师。1935年11月，刘海粟从黄山写生归来，到南京监狱看望陈独秀，拿出他在黄山创作的《古松图》。陈独秀看到傲然挺拔的古松赞叹不已。尤其看到"乙亥十一月游黄山，在文殊院遇雨，寒甚，披裘拥火犹不暖，夜深更冷，至不能寐。院前有松十余株，皆奇古。刘海粟以不堪书画之纸笔，写其一"的题记，不禁触景生情，感慨万千，当即挥笔题了这首四言诗。

2. 借画家笔下的古松抒发人生感慨，突破了原画之境，引人从哲学角度去理解孤与不孤的辩证关系，表现了诗人"身处艰难气若虹"的非凡胸襟。

丁巳除夕歌[1]

古往今来忽然有我，岁岁年年都遇见他。
明年我已四十岁，他的年纪不知是几何？
我是谁？人人是我都非我，
他是谁？人人见他不识他。

他何为？令人痛苦令人乐，
我何为？拿笔方作除夕歌。
除夕歌，歌除夕，几人嬉笑几人泣；
富人乐洋洋，吃肉穿绸不费力。
穷人昼夜忙，屋漏被破无衣食。
长夜孤灯愁断肠，团圆恩爱甜如蜜。
满地干戈血肉飞，孤儿寡妇无人恤。
烛酒香花供灶神，灶神哪为人出力。
磕头放炮接财神，财神不管年关[2]急。
年关急，将奈何；自有我身便有他。
他本非有意作威福，我自设网罗自折磨。
转眼春来，还去否？忽来忽去何奔波。
人生是梦，日月如梭。
我有千言万语说不出，十年不作除夕歌。
世界之大大如斗，装满悲欢装不了他。
万人如海北京城，谁知道有人愁似我？

陈独秀著：《陈独秀诗存》，合肥：安徽教育出版社，2003年版，第140页。

【注释】

1. 此诗另名《他与我》，刊于1918年3月25日《新青年》第4卷第3号。丁巳年为1917年。
2. 年关：指阴历年底。

答半农的《D——！》诗[1]

不知什么是我，不知什么是你，
到底谁是半农？忘记了谁是D。
什么顷间，什么八十多天，什么八十多年，都不是时间上重大问题。
什么生死，什么别离，什么出禁与自由空气，什么地狱与优待室，什么好
　身手，

什么残废的躯体，都不是空间上重大问题。

重大问题是什么？

仿佛过去的人，现在的人，未来的人，近边的人，远方的人，都同时
　　说道：

在永续不断的时间中，永续常住的空间中，一点一点画上创造的痕迹；

在这些痕迹中，可以指出那是我，那是你，什么是半农，什么是 D。

弟兄们！姊妹们！

哪里有什么威权？不过几个顽皮的小弟兄弄把戏。

他们一旦成了人，自然会明白，自然向他们戏弄过的人赔礼。

那时我们答道：好兄弟，这算什么，何必客气！

他们虽然糊涂，我们又何尝彻底！

当真彻底的人，只看见可怜的弟兄，不看见可恨的仇敌。

提枪杀害弟兄的弟兄，自然大家恨他；

懒惰倚靠弟兄的弟兄，自然大家怨他；

抱着祖宗牌向黑暗方面走的弟兄，自然大家气他；

损人利己还要说假话的弟兄，自然大家骂他；

奉劝心地明白的姊妹弟兄们，不要恨他、怨他、气他、骂他；

只要倾出满腔同情的热泪，做他们成人的洗礼。

受过洗礼的弟兄，自然会放下枪，放下祖宗牌，自然会和做工的不说假话
　　的弟兄，一同走向光明里。

弟兄们，姊妹们！

我们对于世上同类的姊妹弟兄，都不可彼界此疆，怨张怪李。

我们的说话大不相同，穿的衣服很不一致，有些弟兄的容貌更是稀奇，

各信各的神，各有各的脾气，但这自然会哭会笑的同情心，会把我们连成
　　一气。

连成一气，何等平安、亲密！

为什么彼界此疆，怨张怪李？

大家见了面，握着手，没有不客气，平安、亲密！

两下不见面，便要听恶魔的教唆，彼此打破头颅，流血满地！

流血满地，不止一次，他们造成了平安、亲密，在哪里？

我们全家的姊妹弟兄，本来一团和气；
忽然出来几位老头儿，把我们分作亲疏贵贱，内外高低；
不幸又出来几条大汉，把一些姊妹弟兄团在一处，
举起铁棍，划出疆界，拦阻别的同胞来到这里；
更不幸又出来一班好事的先生，写出牛毛似的条规，教我们团在一处的弟
　　兄，天天为铜钱淘气；
我们为什么要这样分离，失了和气？
不管他说什么言语、着什么衣裳，不管他容貌怎样奇怪，脾气怎样乖张；
表面上不管他身上套着什么镣锁，不管他肩上背着什么刀枪，
那枪头上闪出怎样的冷光，肮脏的皮肉里深藏着自然会哭会笑的同情心，
都是一样。
只要懂得老头儿说话荒唐，
只要不附和那量小的大汉，
只要不去理会好事的先生的文章，
这些障碍去了，我们会哭会笑的心情，自然会渐渐地发展。
自然会恢复本来的一团和气，百世同堂。
怎地去障碍，怎地叫他快快发展，
全凭你和我创造的痕迹的力量。

我不会做屋，我的弟兄们造给我住；
我不会缝衣，我的衣是姊妹们做的；
我不会种田，弟兄们做米给我吃；
我走路太慢，弟兄们造了车船把我送到远方；
我不会书画，许多弟兄姊妹们写了画了挂在我的壁上；
有时倦了，姊妹们便弹琴唱歌叫我舒畅；
有时病了，弟兄们便替我开下药方；
倘若没有他们，我要受何等苦况！
为了感谢他们的恩情，我的会哭会笑的心情，更觉得暗地里增长。

什么是神？他有这般力量？
有人说：神的恩情、力量，更大，他能赐你光明！

当真！当真！
天上没了星星！
风号，雨淋，
黑暗包着世界，何等凄清！
为了光明，去求真神；
见了光明，心更不宁。
辞别真神，回到故处，
爱我的、我爱的姊妹弟兄们，还在背着太阳那黑暗的方面受苦，
他们不能和我同来，我便到那里和他们同住。

  陈独秀著：《陈独秀诗存》，合肥：安徽教育出版社，2003年版，第146页。

【注释】

  1. 此诗作于1919年11月5日，最初发表于1920年1月1日《新青年》第7卷第2号。1919年6月陈独秀遭北洋政府军警逮捕入狱，被关押近三个月。出狱后，《新青年》特刊刊发刘半农、胡适、李大钊等人的诗作庆贺陈独秀出狱，陈独秀作此诗以酬和。

陈国桢

陈国桢（1898—1949），福建莆田人。1928年加入中国共产党，负责军委联络工作，此前曾帮助各地共产党秘密采购武器。1934年因叛徒告密被捕。出狱后，由党派赴上海、苏南各地工作，建立地下革命组织。1949年3月，被捕遇害。遗著有《劫后诗存》。

台湾志士蒋渭清晦迹鹭门被逮　无力申雪书此寄慨[1]
（1928年于厦门）

才离虎口又遭狼，出谷何曾异探汤。[2]
我痛伯仁罹罟网，畴怜徐母啜秕糠？[3]
襟分鹭岛难回首，雁寄鱼书料断肠。[4]
屠伯凶狂犹胜昔，死生且莫问苍苍！

回忆胡床[5]曾共语，畅谈主义又谈诗。
横刀欲碎倭奴首，破浪兼撄碧眼儿。
事不由人常废事，时难再遇莫言时。
披坚不息自强志，痛饮黄龙尚有期。

陈国柱、陈国桢著，陈汉平编校：《碧血丹心集》，上海：学林出版社，1993年版，第372页。

【注释】

1. 大革命失败后，陈国桢在厦门以《商报》主编名义，掩护出狱同志，秘密参加军委工作。其后，在台湾同志蒋渭清帮助下，购到日本所印的中国秘密军事地图数幅，送往苏区。不久事发，渭清被捕。诗中"伯仁"即指渭清。作者坚信奋斗不息，革命终将会成功。

2. 出谷：即迁居，喻避难。《诗经·小雅·伐木》："出自幽谷，迁于乔木。"探汤：以手伸入沸水，造成肉体损伤，喻遭难。

3. 罹：遭遇。罟：网。畴：谁。

4. 襟分：离别。雁寄鱼书：指书信秘密来往。

5. 胡床：交椅，靠背椅子。

除夕同台湾同志登汶阳山

除夕登高瞰远陬[1]，萧森云物眼中收。
千层碧瓦侔金谷[2]，一片寒滩枕夕流。
长啸碧空惊宿鸟，穷探幽壑等浮鸥。
多情畴似[3]台中侣，岁暮荒山泛漫游。

箕踞[4]冈头谈革命，个中[5]滋味傲王侯。
频年奋斗心犹壮，此日登高兴未休。
击楫每怀瀛海治[6]，乘风辜负鹭江游。
淋漓竟向寒潮诉，胜似西窗做楚囚[7]。

萧三主编：《革命烈士诗抄》，北京：中国青年出版社，2015年版，第185页。

【注释】

1. 远陬：远处。陬：隅，作"处"解。
2. 侔：等同。金谷：晋荆州刺史石崇于河南洛阳以西置有金谷园，景色佳丽之地。
3. 畴似：谁似。
4. 箕踞：随意张开两腿坐在地上，形似箕。喻傲视对方的姿态。
5. 个中：此中。
6. 瀛海治：指海防巩固，把帝国主义赶走。
7. 楚囚：这里指被拘为囚。

陈洪涛

陈洪涛（1905—1932），原名陈素华，广西东兰人。1926年春加入中国共产党。1930年任红七军二十一师政治委员，长期在右江革命根据地坚持武装斗争。1931年11月，创办《红旗报》，介绍中共苏区的反围剿胜利。1932年12月因叛徒出卖被捕，在百色城英勇就义。

为男志在革命[1]

别妻子爹娘，撕断肝肠；
为男志在革命，别爹娘。

战乱纷纷众遭殃，背井离乡；
救国拯民保家园，就出庄。

为民为社稷[2]流血，重值泰山；
人生自古谁无死？但受众彰。

别妻别子扛上枪，时正当；
莫迟疑莫眷恋，趁血气方刚。

陈欣德编：《广西革命烈士诗抄》，南宁：广西人民出版社，1987年版，第100页。

【注释】

1. 这首诗是在百色起义前后所作，表现了一个共产党员对于革命事业的赤胆忠心，为国家民族无私奉献的崇高精神。标题为编者所加。
2. 社稷：指国家。

陈勉恕

陈勉恕（1890—1938），广西贵县人。1917年协助陈独秀在上海创办《新青年》杂志。1925年加入中国共产党，是南宁最早的党组织创始人。大革命期间任中共南宁地委书记，1927年参加广州起义，后到上海等地创办革命刊物，积极宣传党的抗日民族统一战线的主张。1938年8月病逝于贵县。

岁月如飞轮[1]

岁月如飞轮，从来不停顿，
你要做新人，必须向前进。
比如一只钟，停了便没用，
快快去用功，快快去劳动。[2]

陈欣德编：《广西革命烈士诗抄》，南宁：广西人民出版社，1987年版，第127页。

【注释】

1. 此为1935年，陈勉恕到广东高明县立第三小学任教时为勉励学生们勤奋学习、工作而写的一首诗，写后贴在学校大钟旁边的墙壁上。这也是作者忠于革命事业，并为其奋斗一生的生动写照。标题为编者所加。
2. 作者将人生比作钟表，激励自己不断前进，永不停歇地奋斗。

陈企霞

陈企霞（1913—1988），浙江鄞县人。1933年加入中国左翼作家联盟，年底加入中国共产党。1945年参加华北文艺工作团。中华人民共和国成立后，历任全国文联副秘书长、文协秘书长，与丁玲等一起创办《文艺报》。1955年被错划为右派。1979年平反，恢复名誉。1988年1月病逝。著有评论集《光荣的任务》，遗著《企霞文存》。

悼

一

白昼里我想到你，
黑夜里我梦到你，
我醒了，你不在这里，
你啊，你不在这里！

二

黑夜正在叹息，
叹息着，为了你，
这幽阴的宇宙啊，
把你葬在哪里？

三

不要想到我会忘记你，
永远，永远，我不能，
虽然我也愿意。
然而何处去寻你呀，
你呀，我最亲爱的！

四

亲爱的,你不在这里,
然而我什么地方也没有看见你,
这黑夜,这高墙,这微风,
这,这阵阵秋虫的悲啼。

五

白昼里我想到你,
黑夜里我梦见你,
我醒了,你不在这里,
你呀,你不在这里。

陈恭怀编:《企霞文存》,北京:作家出版社,2008年版,第66页。

陈浅伦

陈浅伦（1906—1933），原名陈典伦，陕西西乡人。1928年加入中国共产党，参加抗日反蒋革命宣传活动。曾任共青团西安市委书记、中共陕南特委书记。1933年2月，任红二十九军军长兼政委，率军开展游击战争。同年在马儿岩突围战中因叛徒告密被捕遭杀害。

《孤灯》发刊词[1]

（1932年）

孤灯，孤灯，
如日初升，
打破黑幕，
放出光明，
惊醒了劳动群众，
准备武器，
向敌人进攻！

雍桂良主编：《中华爱国诗词大典》，长春：时代文艺出版社，1991年版，第491页。

【注释】

1. 1932年，陈浅伦来到汉中，以《新秦日报》记者和共立中学训育主任的身份在教育界开展工作，组织建立了"左翼教职员联盟"，创办了进步刊物《孤灯》，从事抗日救亡的宣传组织工作。

狱中诗[1]
（1933年）

夜月朦胧，星光闪闪，
铁窗风寒，镣声不断，[2]
是这样黑暗，是这样悲惨，
借这风声，我要呼喊：
"斗争吧，劳苦的大众！
起来吧，苦难的人民！
把封建的恶势力连根除净。"

雍桂良主编：《中华爱国诗词大典》，长春：时代文艺出版社，1991年版，第492页。

【注释】

1. 1932年5月，陈浅伦在汉中发动"红五月运动"，组织学生游行示威，宣传抗日救国。当局反动派调动大批军警镇压，陈浅伦和部分进步师生于6月上旬被捕。

2. 他在狱中团结、教育难友，进行绝食斗争，鼓励他们坚定革命信念。作此诗，即表示自己为了人民、为了祖国，顽强不屈地同黑暗势力斗争到底的决心。

陈寿昌

陈寿昌（1906—1934），原名陈希堪，浙江镇海人。1924年加入中国共产党，参与组织收回英租界的斗争。1928年调到中央特科，负责情报和党的地下组织联络工作。1934年任湘鄂赣省委书记、军区政委兼红十六师政委，在中央革命根据地坚持斗争。同年11月，不幸受重伤牺牲。

遗诗二首

一[1]

不到深山林，焉能伏虎威。
余生艰险尽，后继可沾辉。

二[2]

身许马列安等闲，报效工农岂知艰？
壮志未酬身若死，亦留忠胆护人间。

雍桂良主编：《中华爱国诗词大典》，长春：时代文艺出版社，1991年版，第491页。

【注释】

1. 1934年红军主力北上，陈寿昌带领红十六师战士留在中央苏区展开艰苦斗争。蒋介石下令三个月内消灭湘鄂赣根据地，建立了严密的封锁线，对红十六师进行清剿。陈寿昌带领军民转移到鄂东南、赣西北的广大山区，在海拔1600多米的罗霄、幕阜山脉间开展游击战争，牵制敌人兵力，配合中央红军北上长征。在艰苦的战斗岁月里，陈寿昌写下此篇，激励战士们不畏困难，为革命奋斗。
2. 此诗是作者在牺牲前三天所写，根据他的战友郑宝老人回忆整理。诗歌表达了为了信仰和理想，甘愿献身于国家独立、民族解放事业的决心。

陈潭秋

陈潭秋（1896—1943），原名陈澄，字云先，号潭秋。湖北黄冈人。1920年秋与董必武等人在武昌发起成立了共产主义研究组，成为中国共产党早期创建者之一。1921年出席中国共产党第一次全国代表大会。1942年被军阀盛世才逮捕，1943年9月英勇就义。

五一纪念歌[1]
（1924年4月）

五一节，真壮烈，
世界劳工大团结！
发起芝加哥，[2]
响应遍各国，
年年今天大检阅，
西欧东亚与美洲，
处处溅满劳工血。
不达成功誓不休，
望大家，齐努力，
切莫辜负五一节！

陈潭秋著：《陈潭秋文集》，北京：人民出版社，2013年版，第21页。

【注释】

1. 此为陈潭秋任中共安源地委委员、路矿工人俱乐部教育股副股长时，为纪念五一国际劳动节而谱写的。据悉，他曾亲自在安源工人和工人子弟学校里教唱此歌，以培养工人群体的阶级意识和革命信念。

2. 指芝加哥工人大罢工。1886年5月1日，芝加哥的21.6万余名工人为争取实行8小时工作制而举行大罢工，经过艰苦的流血斗争，终于获得了胜利。为纪念这次伟大的工人运动，1889年7月第二国际宣布将每年的5月1日定为国际劳动节，亦称"五一节"。它是全世界无产阶级、劳动人民的共同节日。

陈望道

陈望道（1891—1977），原名陈参一，浙江义乌人。1920年初，全文翻译了我国第一个中文译本《共产党宣言》。同年8月与陈独秀等在上海成立"共产主义小组"。1922年7月参加中国共产党第二次全国代表大会。1977年在上海病逝。其作品收录于《陈望道全集》。

送吴先忧[1] 女士欧游

（1921年3月19日晨2时）

史胥[2]追迫时，谁替我分劳担忧？
军警围困时，谁给我握算持筹？
一年事业付东流，
只此盛情不休！

不休！尽向文化运动史中求！
你去也，
别像我，单博得一"士"回头，
二八之上加了一岁依然无成就！

陈望道著：《陈望道全集》，上海：上海人民出版社，1979年版，第531页。原载于1921年3月21日《民国日报》副刊《觉悟》，署名晓风。

【注释】

1. 吴先忧，四川成都人。当"五四"新文化进入四川，在学校里的吴先忧读到《新青年》等杂志，深受触动，中学毕业后便考入了当时崇尚新文化的四川公立外国语专门学校，专攻英文。
2. 史胥：掌管文书的小吏。章炳麟《文学说例》："若纯出史胥，则语犹质直。"

罢 了[1]

罢了，哪里还有爱？
原来爱已沉没在制度里。
制度不更的限界里，
只有娼妓与等于娼妓的娼妓！

罢了，娼妓与等于娼妓的娼妓难道真个心中没有爱，
原来爱已沉没在制度里！
要从无爱救出爱，
还须从制度里救出制度起！

陈望道著：《陈望道全集》，上海：上海人民出版社，1979年版，第533页。原载于1921年6月14日《民国日报》副刊《觉悟》，署名晓风。

【注释】

1. 1921年，陈望道任《民国日报》副刊《妇女评论》主编，该刊物引导人们关注妇女解放运动。他对于妇女解放问题有着深刻的见解，认为在半殖民地半封建的中国社会，社会的变革是妇女解放的基础，只有进行社会革命，改变社会制度，建立民主、独立、自由的国家，妇女问题才能从根本上解决。

陈为人

陈为人（1899—1937），原名陈蔚英，湖南江华人。中国共产党早期党员，杰出的共产主义战士。1920年夏，在上海参与筹组中国社会主义青年团，1921年冬加入中国共产党。1923年到东北开展建立党团活动。1932年负责中央文库的管理工作。1937年3月在上海病逝。

劳动歌[1]

天天起来做苦工，一年到尾都是穷。
暑受热来寒受冷，反不如那坐富翁。
日头下山一片红，我愿厂主早放工。
别人家家吃晚饭，我们还在工厂中。
从早到晚苦一天，所得不过两角钱。
买得柴来难买米，可怜怎样度长年？

中华全国总工会中国职工运动史研究室编：《中国工运史料》，北京：工人出版社，1960年第1期，第95页。

【注释】

1. 1920年8月，陈为人与陈独秀、李汉俊等共同编撰通俗刊物《劳动界》。陈为人用浅显易懂的语言、生动的事例，道出工人阶级苦难的生活，鼓励工人联合起来，为改变被压迫的地位而斗争。这首诗揭露工人所遭受的剥削与压迫，呼吁他们用斗争求得翻身解放。

陈逸群

陈逸群（1902—1928），江西铜鼓人。1925年加入中国共产党，并与陈葆元等人创立了中共铜鼓支部。1926年担任铜鼓县总工会常委。1927年12月不幸被捕，坚持狱中斗争，组织越狱暴动未成。1928年4月，在南昌英勇就义。

被　捕[1]
（1927年12月）

我今何事做楚囚，身负缧绁[2]入图幽，
白云悠悠寒雁怨，狴犴[3]森森鬼神愁，
铁窗生涯意中事，鼎镬[4]甘饴冀能求，
留得明月松间照，掣取干将斩仇雠。[5]

江西省革命烈士纪念堂编：《江西革命烈士诗选》，南昌：江西人民出版社，1979年版，第29页。

【注释】

1. 1926年12月3日，陈逸群在秘密召开中共铜鼓县委扩大会议时，不幸被捕。在狱中坚持斗争，写下了《被捕》等诗文，以示其宁死不屈的革命意志。
2. 缧绁：缚犯人的绳索，这里借指镣铐。图：监狱。幽：禁闭。
3. 狴犴：传说中的神兽，常被装饰于古代狱门之上，这里指监狱。
4. 鼎镬：古代烹煮犯人的残酷刑具。文天祥《正气歌》："鼎镬甘如饴，求之不可得。"意思是把受酷刑视作食糖，表示对敌人的藐视、无所畏惧。
5. 掣：抽，把剑抽出来。干将：古之良剑名。

陈 毅

陈毅（1901—1972），名世俊，字仲弘，四川乐至人。曾任红四军前委书记、新四军军长、第三野战军司令员兼政委、国务院副总理兼外交部部长、中央军委副主席等职。1955年被授予元帅军衔。遗著编为《陈毅诗稿》《陈毅诗词选集》等。

赣南游击词[1]
（1936年夏）

天将晓，队员醒来早。
露侵衣被夏犹寒，
树间唧唧鸣知了。
满身沾野草。

天将午，饥肠响如鼓。
粮食封锁已三月，
囊中存米清可数。
野菜和水煮。

日落西，集会议兵机。
交通[2]晨出无消息，
屈指归来已误期。
立即就迁居。

夜难行，淫雨苦兼旬。[3]
野营已自无篷帐，
大树遮身待晓明。
几番梦不成。

天放晴，对月设野营。
拂拂清风催睡意，
森森万树若云屯。
梦中念敌情。

休玩笑，耳语声放低。
林外难免无敌探，
前回咳嗽泄军机。
纠偏要心虚[4]。

叹缺粮，三月肉不尝。
夏吃杨梅冬剥笋，
猎取野猪遍山忙。
捉蛇二更长。

满山抄，草木变枯焦。
敌人屠杀空前古，
人民反抗气更高。
再请把兵交。

讲战术，稳坐钓鱼台。
敌人找我偏不打，
他不防备我偏来。
乖乖听安排。

靠人民，支援永不忘。
他是重生亲父母，
我是斗争好儿郎。
革命强中强。

勤学习，落伍实堪悲。
此日准备好身手，
他年战场获锦归。

前进心不灰。

莫怨嗟[5]，稳脚度年华。
贼子引狼输禹鼎，[6]
大军抗日渡金沙。
铁树要开花。

陈毅著：《陈毅诗词选集》，北京：人民文学出版社，1977年版，第13页。

【注释】
1. 1934年红军主力转移，陈毅留在江西革命根据地率领赣南游击队进行游击战争。这首诗以明白简洁的语言描绘了行军战斗生活，鼓励将士不畏艰苦，坚持到底。
2. 交通：指交通员，担任通信联络工作。
3. 淫雨：久雨，这里指梅雨。兼旬：两旬，20天，这里是概数。
4. 心虚：即虚心。
5. 怨嗟：怨恨、叹息。
6. 输：献出。禹鼎：这里比喻国家的领土、政权，传说禹铸九鼎，象征九州。

梅岭三章[1]

1936年冬，梅山被围。余伤病伏丛莽间20余日，虑不得脱，得诗三首留衣底。旋围解。

断头今日意如何？创业艰难百战多。
此去泉台[2]招旧部，旌旗十万斩阎罗。

南国烽烟正十年，[3]此头须向国门悬。
后死诸君多努力，捷报飞来当纸钱。

投身革命即为家，血雨腥风应有涯。
取义成仁今日事，人间遍种自由花。

陈毅著：《陈毅诗词选集》，北京：人民文学出版社，1977年版，第20页。

【注释】

1. 这首诗是作者在梅岭被国民党四十六师围困时所作。当时敌强我弱，在敌人重兵围攻中，斗争十分艰苦，陈毅和战士们转战在深山野林中。
2. 泉台：指阴间的高台。此处乃借用旧说。
3. 陈毅从1927年参加南昌起义到1936年冬被困梅岭，正好10年。此诗表现了作者身处危难之际，对革命誓死不渝的决心、革命必胜的信心、乐观主义的大无畏精神，充满豪迈、悲壮之气。

陈毅安

陈毅安（1905—1930），湖南湘阴人。1924年加入中国共产党。1927年参加秋收起义，任工农革命军第一师第一团的连长，后随军到井冈山。1930年6月任红三军第八军第一纵队司令员，长沙战役中任前敌总指挥，在掩护军团机关转移时，壮烈牺牲。1958年彭德怀为他题词："生为人民生得伟大，死于革命死得光荣！"

答未婚妻[1]

寄生者治人，
享受世界上一切权利；
生产者治于人，[2]
所得的代价只有无期的冻饿。

唉！这是圣人孔孟的道德吗？
这是上帝耶稣的博爱吗？
这是南无阿弥陀佛的慈悲吗？[3]
什么道德、博爱、慈悲，都是一些骗人的鬼话。

创造世界的工农们，
我们赶快地团结起来呀！
死气沉沉的黑暗世界，
要用我们的热血染它个鲜红。

我们要冲破压迫阶级束缚我们的藩篱，
我们唯一的法门——勇敢奋斗！
只要我们努力，
胜利终究要属于我们的，
让我们高呼预祝世界革命成功的口号啊！

萧三主编：《革命烈士诗抄续编》，北京：中国青年出版社，1982年版，第89页。

【注释】

1. 这首诗是1926年8月27日所作。陈毅安从黄埔军校毕业后，毅然参加北伐战争，他的未婚妻曾两次去信劝他不要去打仗。陈毅安给未婚妻写信，并以诗言志，表明昂扬的革命斗志，为了革命事业宁愿牺牲个人情感的高尚境界。

2. 这句话源于孟子"劳心者治人，劳力者治于人"的观点，在这里作者用来指出剥削阶级对劳苦大众的压迫。

3. 南无：对佛表示尊敬。阿弥陀佛：佛教中的一个佛名。

陈赞贤

陈赞贤（1896—1927），字子襄，江西南康人。1925年加入中国共产党，建立南康县第一个中共党支部。10月调任中共赣州特别支部书记。1927年2月，当选为江西省总工会副委员长，3月被国民党右派倪弼等人诱捕，逼其签字解散工会，拒绝后身中18弹英勇就义。

悼盟兄曾懋光三绝[1]

其一

天赋奇才比凤毛，文章光临驾云涛。
悲愁独惜贾生[2]甚，早卜长沙寿不高。[3]

其二

脊令[4]才赋复云亡，白发娇妻泪尽眶。
身世凄凉何太甚，九泉应断九回肠。

其三

桃园当日把心谈，曾几何时入鬼三。
风烛年华难自料，闲来应效夜游酣。

中国人民政治协商会议南康县委员会文史资料工作委员会编：《南康文史资料》（第3辑），1990年版，第34页。

【注释】

1. 陈赞贤在县立高等小学读书时，结识曾懋光等人，因志趣相投而结拜为兄弟。此组诗作于1919年前后，陈赞贤在诗中以真挚的语言哀其身世，叹其命运，惜其才华，情感悲切，感人肺腑。

2. 贾生：即贾谊。西汉初年政论家、文学家。18岁即有才名，20余岁被文帝召为博士，不到一年被破格提为太中大夫。在23岁时，因遭群臣忌恨，被贬为长沙王太傅。后被召回长安，为梁怀王太傅。梁怀王坠马而死后，贾谊深感歉疚，忧伤而死，时年33岁。后人多作诗文叹其英年早逝。

3. 司马迁《史记·贾生列传》："贾生既辞往行，闻长沙卑湿，自以寿不得长……"

4. 脊令：即鹡鸰。水鸟名，比喻兄弟友爱、患难相顾。

无 题[1]

清明道上湘桂天，劳师鼓乐到军前。

遥忆家乡此日里，墓田到处飞冥钱。

梅嘉陵主编：《先驱者诗联选》，上海：上海人民出版社，1986年版，第17页。

【注释】

1. 1922年春，陈赞贤离开南昌，到广西参加孙中山领导的北伐军队，任北伐军少校书记。清明时节，行军至梧州，他写了这首诗，寄托对先人和乡亲的思念。此诗境界开阔，寄意深远。

程晓村

程晓村（1913—1941），又名程翊，别名晓屯，化名路马，江西鄱阳人。1936年加入中国共产党，先后参加"国难教育社""青救""职救"等进步团体，从事抗日救亡活动。1940年任中共鄱阳县委委员。1941年被国民党反动派杀害。遗作有《路马诗集》。

不要懊悔[1]

不要懊悔，
昨天的失败，
就是我今天的开始；
不要哭泣，
昨天的悲哀，
就是我今天的新生。
不要讲大话，
为了光明，
就到战斗中去。

不要怕，同志，
如果牺牲了，
你的血流在草地上，
过路的人看见了，
一定会加上记忆。
一个人是这样做，
千万个人又这样做，
记忆就会扩大起来，
烈士的血花，
就会结成美丽的果品呀，同志。

危仁晸主编：《江西革命烈士诗词选》，南昌：江西人民出版社，1991年版，第198页。

【注释】

1. 全诗体现了作者以天下兴亡、民族解放为己任的高尚品格，呼唤同胞团结起来，为国斗争，不怕牺牲。

无　题

我爱自由，
生命是宝贵的，
自由却比生命更伟大。
为了自由，
我甘愿抛弃我的生命。

我只等待这个日子，
因为我心里很光明。
我忠实了祖国，
忠实了党，
忠实了列宁同志。
我没有一丝儿惭愧，
我很对得住我的志气。

我们的旗帜举起了！
啊！多么美丽的共产主义的旗帜呀！
我对您宣誓，
我说旗呀！
我永远忠实您。
忠实您，
希望您发出光辉，
决不软弱我的意志！

危仁晁主编：《江西革命烈士诗词选》，南昌：江西人民出版社，1991年版，第200页。

邓恩铭

邓恩铭（1901—1931），原名邓恩明，贵州荔波人。中国共产党创始人之一。1922年底，任中共青岛市委书记。大革命时期，组织成立青岛市总工会。1927年出席中共第五次全国代表大会，任中共山东省执行委员会书记。1931年4月于济南被害。

前　途[1]

赤日炎炎辞荔城[2]，前途茫茫事无分。
男儿立下钢铁志，国计民生焕然新。

黔南布依族苗族自治州概况编写组编：《邓恩铭烈士专集》，1983年版，第59页。

【注释】

1. 此诗作于1917年，邓恩铭时值16岁，随婶母去山东投奔亲友，他决心闯出一条人生道路，寻找光明的前途。作诗立志，希望投身于革命事业，以求得国家民族焕然一新的面貌。
2. 荔城：此处指邓恩铭的故乡荔波县。

平　权[1]

男女平权非等闲，木兰替父出戍边。
古今多少忠烈史，谁谓女子甘痴眠！

黔南布依族苗族自治州概况编写组编：《邓恩铭烈士专集》，1983年版，第59页。

【注释】

1. 作于1920年。邓恩铭参与组织"励新学会"，此为鼓劝家乡女同学走出狭小天地的信中诗。反映作者主张女性解放、摆脱旧礼教束缚的观念。

江城子[1]

长期浪迹在他方，
决心肠，
不还乡。
为国为民，
永朝永夕忙。
要把时潮流好转，
大改造，
指新航。

年来偏易把情伤，
披荆棘，
犯星霜[2]。
履险如夷，
不畏难经常。
天地有时留我在，
宣祖国，
勃兴强。

黔南布依族苗族自治州概况编写组编：《邓恩铭烈士专集》，1983年版，第60页。

【注释】

1. 此诗出于作者与故乡同学韦楂三的通信中，原件已失，现见韦楂三《忆少年时代的邓恩铭同志》一文，原文载于1980年9月4日《贵阳日报》第4版。
2. 星霜：谓艰难辛苦。

邓拓

邓拓（1912—1966），原名邓子健，笔名马南邨，福建闽县人。无产阶级革命战士，当代杰出的新闻工作者、政论家、历史学家、诗人和杂文家。1930 年加入中国共产党。历任晋察冀边区抗战报社长兼主编、新华通讯社分社社长等职。1949 年任《人民日报》总编辑，1958 年任中共北京市委书记处书记。1966 年 5 月含冤自尽。其作品收录在《邓拓全集》。

狱中诗[1]
（1933 年）

其一

去矣勿彷徨，人生几战场？
廿年浮沧海，正气寄玄黄。
征侣应无恙，新猷[2]倘可长！
大千枭獍绝，一士死何妨！

其二

转狱今二度，丹心永不磨。
孤灯看瘦影，短梦断南柯[3]。
血迹殷半壁，雷声动一阿。
铁窗风雨急，引吭且狂歌。

其三

大地沉沉寂，人间莽莽迷。
薄眠刍作垫，恶食粥如泥。
窸窣风翻挓，琅珰月向低。[4]
惊心危坐处，天外叫荒鸡。

其四

囚奴期破晓，狱卒守残更。

碧海终填尽，黄河必涤清。

今朝穷插棘，来日矢披荆。

万众摧枯朽，神州定铲平！

邓拓著：《邓拓诗文选》，北京：人民日报出版社，1986年版，第18页。

【注释】

1. 1932年，邓拓参加上海纪念"广州暴动"五周年游行时被捕，在狱中作此组诗。

2. 新猷：新的谋略。

3. 南柯：本意为南面的一棵大树。出自成语"南柯一梦"，原意是指在南面大树下做的一场美梦，后来常比喻世事如梦，富贵易失。

4. 窸窣：形容树叶、花草等细微的摩擦声音。琅珰：锒铛。指人带上镣铐。

自题《南冠草》[1]

（1933年）

世上春光几度红，流泉地下听鸣虫。

血花照眼心生石，磷火窥魂梦自空。

生死浮云浑一笑，人天义恨两无穷。[2]

收来病骨归闽苑，莫对清江看冷枫。

邓拓著：《邓拓诗文选》，北京：人民日报出版社，1986年版，第19页。

【注释】

1. 此为邓拓未出版的狱中诗集《南冠草》的序诗。1933年秋，邓拓出狱，他把在狱中写的诗抄订成册，取名《南冠草》。

2. 邓拓在狱中身体备受摧残，出狱后又和党组织失去联系，心中焦虑。这首诗写出了其沉重的心情，同时不忘坚定的革命信念。语言含蓄悲凉，又饱含刚毅坚强。诗风沉郁浑厚，柔中带刚。

出 狱[1]

（1933年秋）

放声一曲大江东，千古风云入望中[2]。
有限朋交嗟宿草[3]，无多骨肉怅飘蓬[4]。
只身天地余残泪，一眼河山尽断魂。
莫道群生都懵懵，明朝四野又烟烽。

邓拓著：《邓拓诗文选》，北京：人民日报出版社，1986年版，第19页。

【注释】

1. 此诗作于1933年，邓拓被保释出狱后，感慨物是人非，全诗苍凉劲健，悲戚而不失壮烈。
2. 望中：指视野之中。
3. 宿草：指墓地上隔年的草，常用以悼念亡友。
4. 飘蓬：飘飞的蓬草，比喻漂泊无定。

邓雅声

邓雅声(1902—1928),湖北黄梅人。1925年加入中国共产党,任中共黄梅特支委员。1927年3月任湖北省农协秘书长,9月调任京汉铁路南段特委委员、京汉路特委书记,领导当地农民武装,秘密主编《环川报》。1928年2月被敌人杀害于汉口。

寄《中国青年》记者
(1925年作于藕塘角)

众生根器不相差,[1]石破天惊应醒耶。
热血一腔尽情洒,十年定放自由花。

酒后心花更怒开,一时歌哭笑俱来。
几根侠骨如钢铁,人厄[2]天穷百不回。

有母衰年尚苦饥,无家真与愿相违。
不堪嚼蜡成滋味,[3]匣里双龙[4]啸欲飞。

偃蹇[5]床中亦死耳,不如马革死犹雄。
等闲吾戴吾头去,留些微痕血海中。

《邓雅声烈士及其遗著》编写组编:《邓雅声烈士及其遗著》,武汉:湖北人民出版社,1980年版,第99页。

【注释】

1. 根器:佛家语。"根"比喻先天的品行,"器"比喻能接受佛教的容量。指人的禀赋、气质。这句诗是说人都是父母所生,没有多大差别。
2. 厄:指困苦灾难。写出了诗人钢铁一般的革命意志。
3. 作者自注:"余不愿为私塾教师,今定计投笔矣。"1921年春到1925年秋,邓雅声在私塾教书。这里指做私塾教师索然无味。
4. 双龙:《晋书·张华传》中有"双剑化龙"的传说。作者借此表达投身革命、一去不悔的决心。

5. 偃蹇：安卧之意。此句为不愿平庸度日，甘愿战死沙场的豪言壮语。这4首诗是决心献身共产主义壮丽事业的励志诗，体现了邓雅声激昂磊落的胸怀和不怕流血牺牲的革命精神。

绝命词[1]

呜咽江声日夜流，岂知宏愿逐波浮。
萧然独谢长生去，暮雨寒风天地愁。

平生从不受人怜，岂肯低头狱吏前。
饮弹从容向天笑，长留浩气在人间。

苦虑家中更不忘，谁知今日永分张。
幽魂若不随风散，应念衰亲返故乡。

本来文弱一书生，屡欲从戎[2]愧未曾。
不死沙场死牢狱，三年埋血恨难平。

《邓雅声烈士及其遗著》编写组编：《邓雅声烈士及其遗著》，武汉：湖北人民出版社，1980年版，第117页。

【注释】

1. 1928年春节时，邓雅声去汉口向省委汇报工作。由于联络点"裕泰栈"被破坏，省委召开秘密会议的地址被敌人探知，他不幸被捕。1929年2月19日，邓雅声在狱中英勇就义，时年27岁。在牺牲前，作此组诗。

2. 从戎：投身军旅。

邓中夏

邓中夏（1894—1933），字仲澥，湖南宜章人。1920年参加北京的共产党早期组织。1922年参与二大宣言和党的民主革命纲领的制定。1925年，任中华全国总工会秘书长兼宣传部部长，参与领导省港大罢工。1930年任工农红军第二军团政委。1933年被国民党逮捕，就义于南京。

过洞庭
（1921年10月）

莽莽洞庭湖，五日两飞渡。[1]
雪浪拍长空，阴森疑鬼怒。
问今为何世？豺虎满道路。
禽狝歼除之，[2] 我行适我素。[3]

莽莽洞庭湖，五日两飞渡。
秋水含落晖，彩霞如赤炷。
问将为何世？共产均贫富。
惨淡经营之，我行适我素。

邓中夏著：《邓中夏全集》，北京：人民出版社，2014年版，第147页。

【注释】

1. 1921年，邓中夏同志因为革命工作奔走于长沙、汉口之间，曾于数日内两渡洞庭湖。全诗通过对洞庭湖的两种不同感慨，触景生情，抒发了对革命事业的无限情怀。

2. 禽狝歼除之：像捕杀禽兽那样歼灭它。

3. 适：趋向、适合。素：平生的志愿。全句是说，我的行为正是向着我的志愿前进，即为革命而奋斗。表达诗人作为革命者的信念永不动摇。

胜 利
（1922 年 10 月）

哪有斩不除的荆棘？
哪有打不死的豺虎？
哪有推不翻的山岳？
你只须奋斗着，
猛勇地奋斗着；
持续着，
永远地持续着。
胜利就是你的了！
胜利就是你的了！

邓中夏著：《邓中夏全集》，北京：人民出版社，2014 年版，第 276 页。

丁 玲

丁玲（1904—1986），原名蒋伟，字冰之，湖南临澧人。1930年5月参加中国左翼作家联盟。1932年加入中国共产党。1936年到延安，历任西北战地服务团主任、陕甘宁边区文协副主席等职。1986年3月在北京逝世。

给我爱的[1]
（1931年8月初旬）

一

没有机会好让我向你倾吐，
一百回话溜到口边又停住，
你是那么不介意的，
不管是我的眼睛或是我的心。

太阳把你的颜色染红了（红得这般可爱），
汗水濡湿了你全身，
你一天比一天瘦了起来，
可是我只看见你更年轻。

你是不像那些年轻的人的，
你没有想到晴天里的白云，
也没有想到丛林里的鸟声，
还有那些流泉在岩石上琮琮峥峥。

你是不像那些年轻的人的。
黄昏的公园里，不会有你那烂皮鞋的脚印，
影戏馆也听不到你喁喁的话语，
那握在女人手上的红酒的杯中，
也照不出你那端庄的脸儿。

你决不会像那些年轻的人的，
只有苍白的面颊，
懒惰的心情，
享受着玩弄着那些单调、无聊的旧套。

你是平静，
你是真诚，
你是勤恳，
只有一种信仰，固定着你的心。

只有一种信仰，固定着你的心。
所有的时间和心神，你都分配在一个目标里的各种事上了。
所以你从不管我的眼睛，或是我的心。
因为你是不会介意着这个的。

二

好，正是这样才最好，
不必管我的眼睛和我的心，
你可以永远不介意着这个，
我也不会找机会来向你倾吐的。

我只想怎么也把我自己的颜色染红，
让汗水濡湿了我全身，
也一天比一天瘦了起来，
精神，却更显得年轻。

我们不是诗人，
我们不会讲到月亮，也不讲夜莺，
和那些所谓爱情，
我们只讲一种信仰，它固定着我们的心。

这不是个简单的问题，
不是像那些流云泉水容易的玩意。
须要头脑，须要毅力，
一切的理论与实际，都包括在这里了。

飞机，炸弹……
金价，银价，棉花的价……
白人，黑人……
资本主义与殖民地。

兵灾，水灾，旱灾……
军阀，走狗，屠杀……
斗争，组织……
所有的原则的运用呀！

我们将头脑放在这些烦难的事上了，
我们又将手足放在另外一些劳苦的事上，
我们要管理机器。
我们又是机器。

所以我说，正是这样才最好，
你哪能介意着这个，
管什么眼睛，管什么心，
我永远不会向你倾吐的。

三

放心，管什么眼睛，管什么心，
你不介意这个，我也不介意着这个了，
有什么眼睛，有什么心，
纵有机会，我也没有什么要向你倾吐了。

太阳把你的颜色染红,
太阳把我的颜色染红。
但是太阳也把他们的颜色染红,
我们现在是大家(许多的大家)都一样了。

一样的年轻,
一样的精神,
一样的真诚和勤恳,
只有一种信仰,固定着我们大家的心。

只有一种信仰,固定着我们大家的心,
所有的时间和心神却分配在一个目标里的各种事上了。
你不介意这个,我也不要机会倾吐,
因为这在我们,的确是不值个什么的事。

张炯主编:《丁玲全集》(第4集),石家庄:河北人民出版社,2001年版,第317页。

【注释】

1. 1931年9月20日,丁玲在《北斗》创刊号发表此诗。感情真挚,笔触流畅,眼界开阔。新时代的女性诗歌,从初期的人性觉醒与妇女自立的讴歌,转到了投身国民事业的呼喊,歌颂革命和信仰。诗中竭力消弭爱情的个人色彩,把爱情升华为对人民革命事业的热爱。

董必武

董必武（1886—1975），名贤琮，湖北黄安人。中国共产党创始人之一。1920年和陈潭秋在武汉共同建立共产主义小组。1934年参加长征。中华人民共和国成立后，历任政务院副总理、中华人民共和国副主席等职。1975年4月在北京逝世。著作有《董必武诗选》等。

冬夜有怀张眉宣[1]
（1917年12月）

羁人寒夜忆髯公，太息年来厄运同。
狱吏威严曾共怖，鸰原涕泪又相恫。[2]
荆襄扰攘间庞统，巴蜀崎岖著放翁。
蛮触争持何日了，纷纷得失一鸡虫。[3]

短景催人惊岁暮，悲笳动地阻阳舒。
阴沉日月闲中过，慷慨襟怀醉后摅。[4]
五六年来同患难，四千里外滞音书。
故乡张子如思我，应恨迷途识梦余。

题注（作者自注）：此系民国六年十二月客成都时作，第一首第三联忘记了，后来补上的。三十三年十一月嘱刘昂同志[5]书。

董必武著：《董必武诗选》，北京：人民文学出版社，1986年版，第1页。

【注释】

1. 张眉宣：湖北黄安人，曾与董必武一起参加辛亥革命和同盟会，1914年同赴日本留学并参加中华革命党。1915年回国后，二人因反对袁世凯称帝两次被捕。此诗为董必武早年的怀人抒愤之作。当时军阀混战，革命屡次受挫，再加上客居他乡、孤独寂寥。诗人感叹在革命征程中的艰难险阻，依然坚守革命信念，流露出满腔爱国之情。

2. 鸰原：鸰，鹡鸰。本为水鸟，今在高原，失其长处，比喻人逢急难。谓兄弟有急难须互相援助。恫：恐惧，此处作"痛"解。领受过酷刑，在痛苦中互相慰勉。

3. 蛮触争持：因细小的缘故而引起的争端。得失一鸡虫：比喻细微的、无关紧要的得失。

4. 摅：抒发。此句是说只有醉酒才能慷慨抒怀。通过客居异乡时对患难与共的友人的怀念抒发出忧思与激愤。

5. 刘昂：女，20世纪40年代初起曾任中共南方局书记周恩来的秘书及统战委员会秘书等。

董毓华

董毓华（1907—1939），湖北蕲春人。1926年在武昌参加革命，加入中国共产党。1935年担任北平学联负责人，参加一二·九抗日救亡运动。七七事变后任华北各界救国联合会中共党团书记。1939年任华北抗日联军司令员，同年6月病逝于河北涞水县。

暮春杂感怀念陈博同志[1]

一

独立危峰百尺巅，黑云片片遮蓝天。
关山万里怀人切，底事王孙去杳然。

二

我欲留春春不留，绿肥红瘦使人愁。
芹泥碾碎香如故，叶底黄莺暗点头。

三

连朝阴雨密霏霏，莫道花残叶自肥。
且待阳春回大地，满园红艳竞芳菲。[2]

郑自修主编：《荆楚诗词大观》，武汉：武汉大学出版社，1992年版，第735页。

【注释】

1. 陈博是董毓华在家乡启黄中学的同学。两人思想进步，积极带头参加各种政治活动，坚持党的地下工作。陈博在执行任务时不幸被捕，1933年暮春，血洒刑场。董毓华悲痛欲绝，遂作此诗悼念先烈。

2. 作者把对烈士的沉痛哀悼，化作前进的动力，更加顽强地面对未来，对革命充满必胜的信心。

方 方

方方（1904—1971），原名方思琼，广东普宁人。1926年加入中国共产党，1934年带领红军在闽西坚持三年游击战。1940年10月，任中共南方工作委员会书记。1955年先后任中央统战部副部长、全国侨联副主席等。1971年9月逝世。作品收录于《方方文集》。

述 怀
（1925年）

欲抽越王弓，慷慨射潮汐。[1]
欲挥鲁阳戈，回首止落日。[2]

中共广东省委党史研究室等编：《方方文集》，广州：广东人民出版社，1990年版，第630页。

【注释】

1. 此处引用"钱王射潮"的典故。相传在五代十国时期吴越王钱镠治理杭州时，因为涌潮汹涌，钱塘江海堤修筑不成，部下都认为是潮神作怪。钱镠便在钱塘江前布置一万名弓箭手，见潮水冲击，命令弓箭手张弓射潮，潮水因此后退。

2. 此处引用"鲁阳挥戈"的典故。传说周武王率领诸侯讨伐殷纣王，旌旗飘扬，杀声四起，战斗非常激烈，周武王的部下鲁阳公愈战愈勇，敌人望风披靡，眼看天色已晚，鲁阳公举起长戈向日挥舞，吼声如雷，太阳又倒退了三舍（一舍为三十里），恢复了光明，终于全歼了敌军。后常用此典故意指力挽危局。

纪念庄淑珍烈士[1]
（1928年）

白云白水白目洲，云在飞兮水在流。
云水多情君莫恋，归仁群众慰君休。[2]

中共广东省委党史研究室等编:《方方文集》,广州:广东人民出版社,1990年版,第631页。

【注释】

1. 庄淑珍是广东潮安早期的女共产党员,曾与方方等人到鹳巢、大和等地发动群众,为开展游击战做准备工作。1928年4月,庄淑珍同志因叛徒告密被捕,同年7月被害于潮城,年仅16岁。方方写此诗以纪念她。

2. 归仁:克己复礼是孔子早年对仁的定义。这里是说庄淑珍宁死不屈,为国家和人民而牺牲的伟大精神。

方维夏

方维夏（1880—1936），湖南平江人。1924年加入中国共产党。1927年参加南昌起义。1928年出席中国共产党第六次全国代表大会。1931年任闽西红军学校政治部主任。1935年夏，建立湘粤赣边区红军游击队，组织发动群众，坚持斗争。1936年在湖南桂东县被叛徒杀害。

和孔昭绶校长[1]

风雨城南几十年，[2]摩挲残碣思依然。[3]
即今遥望朱张渡，[4]犹是秋高月中天。

频思浪迹到瀛洲[5]，系舸南风且卧游。
从此三山归旧侣，持螯共醉菊花秋。

茂时携杖祝融峰，[6]同叩秋风晚寺钟。
料得芝兰生意满，名山定有五云封。[7]

嘉陵辑录：《湖南革命烈士诗抄》，长沙：湖南人民出版社，1981年版，第139页。

【注释】

1. 1918年9月，湖南省立第一师范学校校长孔昭绶先生，因环境所迫，托病辞职，作《城南四绝》，答谢为他饯别的师生。当时方维夏和诗八首，这里选录其中三首。对孔校长被迫辞职寄予同情。

2. 风雨：《诗经·国风·郑风·风雨》中有"风雨如晦，鸡鸣不已"，比喻在黑暗的社会里不乏有识之士。城南：宋代学者张栻讲学的城南书院，后改制为湖南第一师范。这句是说孔校长在政治黑暗的年代坚守教育事业。

3. 摩挲：用手指轻轻抚摸。残碣：残破的碑石。

4. 朱张渡：位于湖南省长沙市，湘江边的古渡口之一。朱熹、张栻都是南宋著名的理学家，他们在讲学时经常乘船往来，故后人称他们过湘江的渡口为朱张渡口。即今：今天，现在。

5. 瀛洲：日本。作者与先生曾坐船去日本留学。

6. 茂时：年轻、盛年时。祝融峰：衡山的最高峰。

7. 芝兰：东晋谢玄曾将优秀子弟称为"芝兰玉树"。此处谓孔校长教育的学生都很优秀。五云：五彩的云，象征吉祥的意思。名师出高徒，犹如名山有祥云。

方志敏

> 方志敏（1899—1935），江西弋阳人。1924 年加入中国共产党。1930 年，任信江革命军事委员会主席。1933 年后，任中共闽浙赣省委书记、第十军团军政委员会主席。1935 年遭叛徒出卖被俘，在狱中写下了《可爱的中国》《清贫》等遗作。1935 年 8 月 6 日在南昌就义。

哭　声[1]

（1922 年 5 月 6 日）

仿佛有无量数人在我的周围哭泣啊！
他们呜咽的、悲哀的而且时时震颤的声音，
越侧耳细心去听，越发凄楚动人了！
"我们血汗换来的稻麦，十分之八被田主榨取去了，
剩的些微，哪够供妻养子？……
"我们牛马一般地在煤烟风尘中做做输运，奔走，
每日所得不过小洋几角，疾病一来，只好由死神摆布去了！
"跌倒在火坑里，啊！这是如何痛苦啊！
看呀！狂暴的恶少，视我们为娱乐机械，又来狎弄我们了！……
"唔！唔！唔！我们刚七八岁，就给放牛、做工去吗？
金儿福儿读书，不是……很……快乐吗？
"痛呀！枪弹入骨肉，真痛呀！[2]
青年人，可爱的青年人，你不援救我们还希望谁？"
似乎他们联合起来，同声哭诉。
这时我的心碎了。
热泪涌出眼眶来了。
我坚决勇敢地道：
"是的，我应该援救你们，我同着你们去……"[3]

　　方志敏著：《方志敏文集》，北京：人民出版社，1985 年版，第 362 页。

【注释】

1. 1922年5月，方志敏在九江同文书院读书，参加了"非基督教大联盟"，带领同学上街张贴标语、宣传演讲，开展反帝爱国运动。当时他的肺病复发，常常吐血，在病中写下这首诗，感情热烈充沛。

2. 用凄惨的哭声象征被压迫人民的控诉，批判黑暗的社会现实。

3. 结尾激昂慷慨，坚强有力。一个满腔热血的青年，决心同广大的有志青年联合，去挽救受苦受难的同胞，去踩平这不平的土地。

我的心[1]
（1923年4月23日）

挖出我的心来看吧！
我相信有鲜血淋漓，
从彼的许多伤痕中流出！

生我的父母啊！
同时代的人们啊！
不敢爱又不能离的妻啊！
请怜悯我；
请宽恕我；
不要再用那锐利的刀儿去划着刺着，
我只有这一个心啊！

方志敏著：《方志敏文集》，北京：人民出版社，1985年版，第372页。

【注释】

1. 这首诗尖刻大胆的议论发人深思。作者表白自己的心是鲜血淋漓的，对不能理解他和他所追求的事业的亲人以及同时代人发出痛苦的呻吟。

诗一首[1]

雪压竹头低，低下欲沾泥。
一朝红日起，依旧与天齐。[2]

《方志敏传》编写组编：《方志敏传》，南昌：江西人民出版社，1982年版，第250页。

【注释】

1. 这首诗作于1935年1月。当时，方志敏同志率红军抗日先遣队北上，在浙皖赣三省交界处陷敌重围，想向南华山进发，准备冲破包围。大雪纷飞，滴水成冰。触景生情，写下这首豪气磅礴的短诗。

2. 他看到被积雪压弯的竹枝，依然傲立风霜之中，以此来鼓舞战士顽强不屈，坚定信心，为争取突围胜利而英勇战斗。

冯铿

冯铿（1907—1931），原名冯岭梅，广东潮州人。1929年加入中国共产党，次年加入中国左翼作家联盟，参加了全国苏维埃代表大会的准备工作。1931年1月，与柔石、胡也频等人在上海出席第一次全国工农兵代表大会预备会议时被捕。同年2月7日被秘密杀害。

和友人同访死友的墓
（1925年4月）

在水波平静，
满布金花的溪面上，
我们寂坐舟中。
任天上白云的变幻，
两岸景物的改移，
我们只有沉默地坐着。
朋友啊！
我们不是静领自然的神秘，
是静思人生的神秘呀！

迂回曲折的山路，
走到了广阔崎岖的草野，
在无数新旧的冢中，
我们终于找出你的墓。
唉！朋友呀！
只此尺余的石碑，
是你的标认；
一棺的位置，
是你的归宿；
墓边的几株黄野花，
是你的孤伴。

你十余年来在世的一切的一切，
正和那山边石上泻下的水一般，
永无有再流过石上的希望了。

数声归鸦的鸣声，
惊醒了我们呆立注视你的墓，
夕阳将近黄昏，
怅然归来，
回望山上的乱石，
黛黑如墨，
层叠嵯峨[1]，
这是什么的象征呢？

又是在舟中了，
看船桨一下下落水的波痕，
一瞬间就消灭了，
朋友！这正是生命的表现啊！
但是你葬在地中，
又立上你的标示，
似乎在这世界太着痕迹了！

冯铿著：《重新起来》，广州：花城出版社，1986年版，第351页。原载于1925年9月汕头《友联期刊》第4期，署名冯岭梅。

【注释】
1. 嵯峨：形容山势高峻。

幻
（1925年10月）

独上高楼，
凭栏四望：
天空像圆罩般盖着，
不知从何处起，

也不知在哪里止？
只是晦蓝蒙茫地像雨后一般。
天边淡金黄的色彩，
却像虹一般围绕着。
啊！这个深秋的黄昏呀！

起伏的远山，
在晚烟弥漫里静止着；
浩茫的海洋，
微微地荡漾着，
红血的太阳，
在天末的那一边远山上，
慢慢下沉，
这不觉把我的视线牵住了。
看它渐渐地向山后去，
半圆……一线……

太阳终于躲去了，
只余一抹残红，
还在天末山上；
然而眼里他的余影，
却犹是幻出一个个的红……蓝……黑……的
　跳动的圈儿来！

晚烟渐渐暝合了！
眼前的天空、远山、海水……都成一片
灰色的混合物了！
一回头，半圆的月亮，
　在白云里隐约的像少女披着轻纱一般……

冯铿著：《重新起来》，广州：花城出版社，1986年版，第356页。原载于1925年12月汕头《友联期刊》第5期，署名冯岭梅。

冯乃超

冯乃超（1901—1983），广东南海人，出生于日本横滨。1928年9月加入中国共产党。曾与鲁迅等筹组中国左翼作家联盟，起草《理论纲领》。1938年，任中华全国文艺界抗敌协会理事兼组织部副部长。1949年，任中共中央宣传部干部处处长。1983年病逝于北京。其作品收录于《冯乃超文集》。

哀 唱[1]

我手上的蔷薇凋谢了
我心头的小鸟飞走了
我不怨紧急的东风太无情
也不伤空笼的心头太幽静
细听步步的跫声
声声发着凄怆的悲鸣
细看步步的足迹
迹迹印着暗淡的灰色

红烛烧残后
剩下灰烬的烛心
爱情告终了
空洞洞的劫后的余生

人生的旅途闯入黑暗的夜阴
命运的向导闯入妖精的园林
哦　夜静的我心
怨艾的我心

一切都是毁灭
勿论新鲜与陈旧

一切都是哀愁
勿论命达与命瘦

我不爱金光灿烂的酒杯
盛载芬芳炽烈的醇酒
愿常得滴滴苦涩的眼泪
淋浇开花来世的蓓蕾

我既不求世间的信义
怎的又埋怨伊的背心
我既不求世间的幸福
怎的又怨艾我的薄幸

人迹不印的山隈
孤独地徘徊
我非脱俗的仙骨
乃放逐的奴隶

没有可待的人
怎的抱着期待之心
泉林哟　池草哟
是否候我此刻的访问

我的悲哀是枕上的泪痕
我的怨艾是杯中的酒勺[2]
一盅盈盈满满的醇红酒精
一双莹莹欲泗的湛泪眼睛

冯乃超著：《红纱灯》，上海：创造出版社，1928 年版，第 3 页。原载于 1927 年 7 月《创造月刊》第 1 卷第 5 期。

【注释】
1.《哀唱》原题为《生命的哀歌》，后做较大修改，并易题收入诗集《红纱灯》。

2. 诗人的生命充满了悲痛与哀愁,依靠酒精和镇静剂来维持。希望能摆脱,可是在他面前却是漫漫长夜。潦倒、酒精、镇静剂成了诗人的生命形态。

好　像[1]

好像空庭寂寞的心胸
好像长夜漫漫的环境
没有白玉的睡莲开花暗中
没有相思的愁情幻成好梦

好像秋思片片的虚情
好像浊流沉淀的心境
没有猩红的蔷薇殉死焦思
没有呜咽的喷泉抒发心声

玉兰的倩影　婆娑地　打盹在睡眠的池边
裹露的孤愁　摇曳在黄昏迤逦[2]的春天
看金光绵软的夕照　氤氲[3]着柔情
哦　愁人哟　春去也　你还是孤影颓然

丛簇的牡丹　疲萎在梦幻的池旁
饱吸泪珠的怀思　深浸在慈祥的春光
看玲珑的花瓣　消灭在泥土之中
哦　阿妹哟　苍白的茉莉吐息在我的胸膛

冯乃超著:《红纱灯》,上海:创造出版社,1928 年版,第 29 页。原载于 1926 年 6 月《创造月刊》第 1 卷第 4 期。

【注释】
1. 另有副题《给初梨》,后稍做修改收入诗集《红纱灯》。
2. 迤逦:曲折连绵,也常用于形容唱歌声和鸟鸣声的悠扬圆转。

3. 氤氲：烟气、烟云弥漫的样子。

与街上人

街上的人们哟，
你们永世不能不像牛马一般劳役么？
你们子孙永世不能不加倍地辛苦么？
你们妻女菜色[1]的颜脸有一刻的光彩么？
自晨至昏你们有一刻离开生活困苦的念头么？
自夜至旦你们有一刻安息的睡眠么？
街上的人们哟，
你们生处在实在的地狱里，地狱的现世里。

何处有你们的希望？
何处有你们的幸福？
仰视天空只是慢性病的牢狱，
慢性病的疲劳，慢性病的穷乏。
何处有你们的将来？
何处有你们的幸福？
一生一世你们只有贫穷的积蓄。
一代二代你们的生存权强受夺剥。
街上的人们哟，
社会是你们的囚牢，你们的地狱。

然而，苹果已经成熟了坠落下来，
伽蓝[2]已经朽坏了倒塌下来，
我们已经老衰了在掘他们的坟墓！
街上的人们哟，
暗夜虽黑，有灿烂的明星，
暴压虽急，有同志的呼声，

——明日是我们的！
明日是我们的！！

《冯乃超文集》编辑委员会编：《冯乃超文集》（上卷），广州：中山大学出版社，1986年版，第73页。原载于1928年1月15日《文化批判》月刊第1号。

【注释】
1. 菜色：指因以菜充饥而致营养不良的脸色。
2. 伽蓝：原意是指僧众共住的园林，即寺院。

冯雪峰

冯雪峰（1903—1976），原名冯福春，浙江义乌人。1927年加入中国共产党，是20世纪30年代左翼文艺的重要领导人之一。1939年，任中共中央东南局文化工作委员会委员。1950年任上海市文联副主席。1957年被错划为右派，1976年病重去世。其作品收录在《雪峰文集》。

日影已在山冈飞去

晚风已飘来这山下的人家，
日影已在山冈飞去；
一个少年，一个少年的过客，
在这山脚下了马。

好呀！好个给我宿息的所在呀！
我的马也倦了！
那边的天上红霞儿不止地飞游；[1]
那边树下的少妇犹在纺纱。

一株苍老的松树，
他的马，过客的马系好了。
他走近那纺车，主妇的纺车；
纺车儿停了。

"我们这里是借宿不来的！"
主妇重把纺车儿摇起，
"我们这里是借宿不来的！"
主妇重又把纺车儿摇起。

晚风已飘来这山下的人家，
日影已在山冈飞去；
红霞儿不止地在天上飞游，
"我们这里是借宿不来的！"

马缰儿解了，
"再见吧，苍老的松树！"
困倦的马鞭举了，
"再见吧，山家的主妇！"

白桦主编：《二十世纪中国名家诗歌精品》（上），广州：广州出版社，1996年版，第213页。

【注释】

1. 晚风、日影、红霞，化为意向，隐示着宇宙万物都处在持续地运行、前进、追求之中。

你纵不能为我而停工作

当我在溪边游浪而你在捣衣的时候，
你纵不能为我而停工作，
还请你的木杵举得高些，
声音敲得响些：
因为这是一种暗示，
我自己会懂得。

当夜里我走过你的窗下的时候，
请你点着你的灯亮，
你纵不能留我宿，

还请你摇几摇你的灯光:
这是一种暗示,
谁也不会知道。

我们在聚集中彼此看见的时候,
你虽不好叫声我,
却请你多皱几下眉,
多横几个秋波给我:
因为我的心很玲珑,
接着你的情爱而能使人不知道。

冯雪峰著:《雪峰文集》,北京:人民文学出版社,1981年版,第33页。

愿良人早点归来

轰轰的雷声,
在我屋顶上作响——
这时候,良人,你好狠心,
你丢我一人在家。
我不忍夺回乳头从儿子嘴里,
因他的嘴若空了,他便哭着叫爸爸;
我又急着,
看卧在山脚的干柴和干草,
我若不去束家来,便要给雨打湿。
你不在家,谁帮我忙?
良人,愿你早点归来!

轰轰的雷声,
快要催出雨来了,
良人不在家,
我和一只小羊没有两样,
我缩作一团,没有一刻不颤抖!

我愿这下雨的时候，
良人长在家里，
那给风吹倒的豆藤，会有人去扶起，
给雨打落在路旁的麦穗，
也会有人去拾起。
我愿当雨时，在绿的稻田中，
有个穿蓑衣的农夫向我归来，
因我看见他，我便胆大，我便快乐。
啊，良人，愿你早点归来！

雨是过了，云是消了，
蓝蓝的天空，抹了些红霞，
鹊鸟从林里飞出，飞到原上歇下，
山水发到田里，
高田的水又溢到低田。
良人，我对你发誓，
这时，这山下只有一份农家，
这农家只有一个妇人，
到黄昏屋顶上也没有火烟发起，
她只抱一个小儿久立门口，
她向山儿，水儿，以及过路的人儿
　　说尽她心愿，
她说，愿良人早点归来！

冯雪峰著：《雪峰文集》，北京：人民文学出版社，1981年版，第34页。

冯毅之

冯毅之（1908—2002），山东青州人。1930年10月加入中国共产党。1937年在淄河流域组织抗日游击队。1942年在马鞍山反扫荡战役中，其父亲、妹妹、发妻和三个未成年的孩子全部壮烈牺牲。1949年出席全国第一届文代会。中华人民共和国成立后，任山东省文化局副局长兼党组书记。2002年在济南逝世。

我劝你
（1931年）

蒺藜[1]刺破你的脚，
我劝你一声不要响。
你要在人间活，
这样的路还长。

虎狼向你冲来，
我劝你英勇对敌。
不吃人的虎狼，
世界上是没有的。

鞭子抽出你的血，
我劝你忍在心头。
哀号哭喊乞求，
敌人不会怜悯住手。

黑暗挡在你的面前，
我劝你迅速瞪起双眼。
若畏惧把眼睛闭了，
黑暗中又生黑暗。

奋勇前进永不后退，
是生活的主人不做奴隶。
勇敢冲破险恶的防线，
前面就是光明的园地。

冯毅之著：《冯毅之六十年作品选》，济南：山东文艺出版社，1990年版，第7页。

【注释】

1. 蒺藜：一年生草本植物，茎横生在地面上，开小黄花，果实也叫蒺藜，有刺，可以入药。也常指像蒺藜的东西。

冯志刚

冯志刚（1908—1940），吉林怀德人。1931年参加抗日武装，曾任汤原抗日游击总队中队长、东北人民革命军第六军第二师第五团团长。1935年加入中国共产党。1939年担任东北抗日联军第三路军龙北指挥部指挥，参加领导了佳木斯、铁力地区的抗日游击战争。1940年在阿荣旗任家窝堡作战中不幸牺牲，时年32岁。

浪潮歌[1]

法西斯残暴，
战火[2]烈燃烧。
革命斗争汪洋大海，
谨防水底礁[3]。
狂风起浪潮，
水手舵把牢。
冲锋啊！
敌伪难脱逃。
资本主义坟墓具备了，
葬钟一声敲。
阶级仇恨难消，
誓死高举红旗，
红光普照，融化万恶消。

萧三主编：《革命烈士诗抄续编》，北京：中国青年出版社，1982年版，第198页。

【注释】
1. 此诗作于抗日战争时期，当时在军队内外广为传唱。
2. 战火：暗指人民抗日斗争。
3. 水底礁：本指江河、海洋中的岩石，有碍船舶航行。在这里指的是敌人的阴谋诡计。

高孤雁

高孤雁（1898—1927），广西龙州人。1925年冬，赴广州投身革命斗争。1926年担任国民党广西民商部干事、《革命之花》杂志编辑。1927年主编文艺刊物《杜宇》。1927年"四一二"反革命政变时，不幸被捕入狱，同年9月就义。生前有《寒灰室诗集》《落红》两部诗集。

告劳动者
（1926年）

可怜无靠的劳动同胞们呀，
快起来团结哟！
起来团结哟！
什么大权威，
什么旧制度，
都是你们颈上的镣锁。
什么自由，
什么平等，
都是你们梦里的南柯。
他们华衣美食，
你们挨寒抵饿，
你们岂甘心受着罪过！
他们享的酒池肉林，娇妻美妾，
你们度的奴隶岁月，牛马生活！
他们脑满肠肥，杀人放火，
你们男耕女织，纳租献税。
同胞们呀，
这重魔障，
你们不自己打破，
仗谁来打破?!
你们别再怯懦，别再怯懦，

敌在眼前，
枪在手里，
同胞们呀，
我们快起来团结哟，往前冲哟！

雍桂良主编：《中华爱国诗词大典》，长春：时代文艺出版社，1991年版，第 168 页。

读鲁迅《呐喊》[1]

摩眼捻髭[2]伸败纸，细濡血泪上毫端[3]。
曲回写遍人间苦，雁唳霜天似戒寒。

中共广西壮族自治区委员会党史资料征集委员会编：《中共广西党史人物传》（第 1 辑），南宁：广西人民出版社，1992 年版，第 23 页。

【注释】

1. 1927 年，蒋介石发动"四一二"反革命政变，高孤雁被捕入狱。这首诗是作者在狱中所作。
2. 捻髭：捻弄髭须。用来说明写作时的艰苦。
3. 毫端：宋王安石有《赠李士云》诗："毫端出窈窕，心手初不著。"犹言笔底、笔下。

高敏夫

高敏夫（1905—1975），陕西米脂人。1927年加入中国共产党。1931年，参加北平地下党组织，在文艺战线上坚持斗争。历任中共米脂县委宣传部部长、中共北平区委交通员、西北战地服务团秘书、西北文联常委。著有《高敏夫战地日记》等。

母亲的诗，我的笔（节选）
（1934年3月11日）

母亲，我不是盲目地歌颂你，
是你使我有力地呼吸，
是你使我新鲜地呼吸！
你说吧，你尽管说吧！
你知道的丰富，
时代本来就是丰富的，
连我的笔也丰富了！

敌人溃败地被缴械了，
唱起我们凯旋的胜曲！
弟兄们精神百倍地出发了，
扬起大红鲜艳的大旗！
母亲的诗，我的笔！
不放松我们的敌人！
母亲的诗，我的笔，
面向着人类历史的真理！
我的母亲——
普罗列特利亚[1]的前卫！
我的笔——
描绘母亲美丽的姿态！
我的诗——

收入母亲真理的言语！
我的母亲——
人类历史上永远不朽的金字塔！
我——
母亲忠实的孩子！

迟竹林、申春编：《高敏夫文集》，北京：中国文联出版公司，1997年版，第6页。

【注释】

1. 普罗列特利亚：音译自法语，意思为无产阶级。

我也是西子湖边的飞将

（1934年3月16日）

我也是西子湖边的飞将，
好久来我心里跳动着一个愿望，
那正是太阳特别耀眼的一天，
我欣慰地计划着飞行的路线和时间。
我跨着兴奋的大步，
走入华丽别致的校长办公室，
我暗自庆幸已经达到的目的，
胜利的微笑，悄然浮泛在我的眉尖。
我们校长准许了，
我可以做一次单人驾驶的练习。

我飘飘然登仙了，
离开十里广阔的飞机场！
我回到我母亲的花园里了，
降落在浩浩无垠的漠野，
无数的人们围绕着我，
无数的眼睛盯视着我；
我混合在无数的人群里了，

我混合在无数的眼睛中了，
喷放着集团智慧的眼睛，
渴望最后消灭敌人的眼睛，
确信人类得到最后解放的眼睛！
千万人的眼睛，
我的眼睛，
变成一个大的眼睛了，
变成一个会烧毁一切的巨焰了。
没有惊奇的光芒，
没有恐怖、幻灭的颜色。
旧世界一切的权威，
显得多么渺小无用啊！
巨大眼睛的神光，
已经照破它的秘密了。
十小时吃力地飞行，
疲乏咬住了我兴奋过度的体力。
万千的人群向我扑来，
我被挺直地扛架在人群的头顶。
千万的人群嚣杂地笑着，
长时间的疲乏，
消融在这笑声里。

我带来的机身变色了，
青白的色素上，
满涂了火红的颜色，
我改装了，
旧的衣服全脱掉，
变成表里一致的，
一位头角崭新的战士，
颤动的心房显然和昨天不同了，
呼吸也感到异常的新鲜。
我听见雄伟激越的歌声，

不断地从潮水般的人群里飞出。
我现在是一只脱出樊笼的鹰鸟，
自由地欢愉地
　　向着缺少翳云的天空里翱翔！
"弟兄们向着太阳！"
弟兄们胜利地欢唱！
怅惘逃得没有踪影了，
笑声有如海洋的波浪！
坚固的阵地，
钢铁的营房，
——横暴的敌人啊！
——让你们再一次演一幕第六次的恐慌！

明天——
我听到校长公布的消息了：
———架最大的新式战斗机，
——突然在十一月七日晨，
——被天火焚烧！
——不许全国报纸登载！
——不许外国的新闻记者宣扬！
——万一消息外泄啊，
——怕我们的主人们听到惊慌！

明天——
我又听到西子湖边少数的同伴
　　对我嘲笑了，
这是多么快的消息啊！
——倒——戈——相——向
——背——叛——了——校
——长——
……
让那可怜虫们无耻地狂吠，

让那失去听觉的人们闭起眼睛乱讲；
在伟大的真理的面前，
谁还能坚持愚蠢的顽强?!

我觉悟了！
我认识了我应走的方向！
我欣愉地飞到瑞金来了！

我也是西子湖边的飞将！

迟竹林、申春编：《高敏夫文集》，北京：中国文联出版公司，1997年版，第10页。

古大存

古大存（1897—1966），广东五华人。1924年加入中国共产党。1930年后，历任中国工农红军第十一军军长、广东省委统战部部长、东北局委员兼组织部副部长等职。中华人民共和国成立后曾任中共广东省委书记等职。1966年病逝。

大刀情[1]
——致彭湃
（1927年10月）

殷殷[2]刀上血，深深战友情。
嘱托何凝重，敢不轻死生？

中共广东省委党史研究室、中共广东五华县委员会编：《红旗不倒：纪念古大存诞辰110周年暨红十一军创建77周年》，广州：广东人民出版社，2007年版，第299页。

【注释】
1. 1927年10月，古大存到海丰请示工作，参观学习，接受了彭湃赠送的大马刀。为了表达对彭湃的尊敬和感谢以及自己的革命决心，当即赋诗。题目为编者所加。
2. 殷殷：形容颜色殷红貌。

万钧重任我担当[1]

自怜非蠢亦非狂，战事输赢孰可量。
本为斯民[2]除痛苦，敢将败北怨存亡？
梅开雪岭何知冷，剑伏丰城[3]愈见芒。
同志坚持心铁石，万钧重任我担当。

中共广东省委党史研究室、中共广东五华县委员会编：《红旗不倒：纪念古大存诞辰110周年暨红十一军创建77周年》，广州：广东人民出版社，2007年版，第300页。

【注释】

1. 1928年春，五华革命转入低潮，古大存同志与战士们走上八乡山，在极其艰苦的条件下创建革命根据地，继续坚持斗争。这首七律诗就是他当时吟咏的其中一首。题目为编者所加。

2. 斯民：指老百姓。

3. 此诗中的丰城，指丰顺县汤坑镇。

向八乡山革命根据地进军[1]
（1928年）

一日离家一日深，犹如孤鸟宿寒林。

他年振起凌云志，依旧高飞压众禽。[2]

中共广东省委党史研究室、中共广东五华县委员会编：《红旗不倒：纪念古大存诞辰110周年暨红十一军创建77周年》，广州：广东人民出版社，2007年版，第301页。

【注释】

1. 1928年，国民党军黄旭初部盘踞安流，镇压革命，屠杀人民。古大存当时任广东工农革命军第七团团长，率领战士在八乡山建立革命根据地。

2. 作者以孤鸟自比，鼓励同志们重振士气。虽离家行军在外，战时生活艰苦，依旧满怀凌云壮志。

古公鲁

古公鲁（1884—1931），广东五华人，1909年参加同盟会，投身革命。1911年赴广州参加"黄花岗"战役，战败后，在家乡继续进行革命活动。1927年加入中国共产党。1929年任东江革命军事委员会委员。1930年5月任中国工农红军第十一军军需处处长。1931年5月不幸被捕，同年7月壮烈牺牲。

漂 泊[1]

漂泊频年太坎坷[2]，风霜历尽志难磨。
一肩任务千斤重，都为工农解放多。

萧三主编：《革命烈士诗抄》，北京：中国青年出版社，1962年版，第86页。

【注释】
1. 此诗约写于1927年至1928年间，题目为编者所加。
2. 坎坷：不得志。这里用来比喻革命的志愿没有顺利实现。

古宜权

古宜权（1906—1932），广东五华人。1924年考入黄埔军校，次年加入中国共产党。1926年7月，参加北伐革命。大革命失败后，回到五华继续从事革命活动。1932年冬，在普宁县汤头村血战中弹尽援绝，壮烈牺牲。

追悼烈士歌[1]

烈士英灵在会场，你在阴间我在阳。
今日开会来追悼，目汁[2]双双流两行。

土豪劣绅心肝狼，勾结逆军办共党[3]。
等到革命复兴日，杀佢[4]头颅理应当。

死难烈士心莫忧，工农替你来报仇。
如今大家团结起，誓把反动杀呀就[5]。

死难烈士最荣光，精神不死众颂扬。
鲜血洒遍田土上，英雄事迹永留芳。

萧三主编：《革命烈士诗抄续编》，北京：中国青年出版社，1982年版，第130页。

【注释】
1. 这一组诗歌是古宜权于1930年3月在一次追悼死难烈士的大会上所作。
2. 目汁：即眼泪。
3. 办共党：指反动派"围剿"革命地区。
4. 佢：方言，即他们。
5. 杀呀就：方言，即杀干净。

关 露

关露（1907—1982），原名胡寿楣，山西右玉人。1932年加入中国共产党。1933年任《新诗歌》月刊编辑。1936年参加中国文艺家协会成立大会。抗战期间曾为优秀的"红色间谍"。1955年以后两次含冤入狱，1982年3月获得平反。

太平洋上的歌声[1]（节选）

聪明的政治家，
在暴风雨将临的黄昏，
披着头发，
袒着胸臂，
在太平洋的岸上，
听着那聪明的歌曲：

艳丽的太平洋，
你广阔无边，
你像一副有机的镜面，
你照出东方西方，
南极北极，
世界上的一切。

雄资丰厚的美利坚，
那不见太阳的日市，
如日一样的夜城。
煤油，汽车，钢铁，
千万制造者的工厂，
四百磅体重的资本大王，
堆积如山的过剩的商品。

庄严雄大的英伦，
陈列在英皇理事厅上的
有印度的愚氓，
香港，上海，新加坡的税簿，
苏彝士运河[2]的风景。

关露著：《太平洋上的歌声》，上海：生活书店，1936年版，第1页。

【注释】

1. 这首诗反映了在民族危亡的紧要关头，一个爱国青年对世界政治风云变幻和祖国命运的深切关注。诗人以太平洋为观测点，将整个世界的政治舞台尽收眼底，气势豪迈激昂。太平洋上的正义歌声，体现出饥饿和流着血的人类的心声，对"聪明的政治家"发出控诉。既揭露了帝国主义侵略者的罪恶行径，又预示了人民的力量终将打败反动势力的光明未来。

2. 苏彝士运河：即苏伊士运河，1869年修筑通航，是亚洲与非洲间的分界线，同时也是亚非与欧洲间最直接的水上通道。

娜达姑娘[1]

娜达死了，
为着自由她死了。
在她临死的时候，
她是不会忘去
　　昨夜那一幅图画的；
在寂静无声的草原里，
在涂满了热血的，
为了恋爱
也为了自由的
人类战场的草原里的
那一幅图画；
那美丽的
同时也伏着凶残的
使人疯狂的图画；

绅士疯狂，
少女疯狂，
人类全都将要疯狂了的！

娜达是爱着那英俊的绅士的。
她热爱着他的一切：
那骑在马上的威武的姿容，
那有着拉士蒲丁的眼睛，
那催动少女心情的
震撼的一笑。

当他拉着提琴，
唱着长夜不息的悲歌，
在星光里，在寂静无声的广原中；
这一切，
是这样生惕门特地
撼动着一个
有着战抖的心和急促的呼吸的少女！
这值得疯狂的，
绅士疯狂，
少女也疯狂了的一幕；
海浪样的一幕，
人类颠倒了！

啊，
是为着他的悲歌，
那热烈的求恋的悲歌，
娜达被他引动了。
看吧，
她那在寂静无声的草原里的
那一抖战，
一投吻。

为了绅士的
热恋与悲歌,
娜达用了她
纯洁的少女的心去爱他了。
可是,
她是爱那绅士的,
然而,
她更爱的
是她的自由啊!
不怕涂血的利刃,
不怕爱情和生命
全都将要在可怕的红色中消灭,
在绅士的怀抱里,
她说:
——我爱你,
但是,我更爱我的自由!

娜达说完了上面的话,
绅士也将要这样说啊,
也许,
他已经说过。
情人的怀抱就此变作了战场,
爱情变作了仇敌了。
妨害他们自由的是要用利刃去斩断,
是要踏在血泊中去斗争!

英俊的绅士用他的佩刀
亲手刺杀了
他那刚才恋上的娜达姑娘,
娜达也勇敢地拔出了情人的刺刀,
用那乌黑的头发
掩住胸部的伤口;

卧于血泊之中，
向她的情人告别了！

娜达死了，
为着是
她不能屈服于英俊的绅士；
绅士也服罪死了，
为着不能屈服于一个美丽的姑娘。
这死的消息，
惊动了全村子，
惊动了全吉普色营帐的人，
惊动了被热血浸染过的
广漠的草原，
惊破了那草原中的美丽的
也是惊人的图画的影子，
还惊动了许多少女与绅士！

娜达死了，
他的情人也死了！

关露著：《太平洋上的歌声》，上海：生活书店，1936年版，第15页。

【注释】

1. 作者自注："娜达是高尔基处女作《马加尔周达》里的女主人。这首诗是读完那篇小说以后写的。"

关向应

关向应（1902—1946），原名关致（治）祥，又名应稟，笔名始炎、仲冰，满族，辽宁大连人。1924年加入中国社会主义青年团，次年1月加入中国共产党。1928年担任共青团中央委员会书记，随后又历任中央军委委员、常委，中央军事部副部长等职。抗战爆发后，担任八路军第一二〇师政委，并参与创建晋西北抗日根据地。1940年2月后，又先后担任晋西北军区政委、晋绥军区和陕甘宁晋绥联防军政委等职。1946年7月，在延安因病逝世。

征 途[1]

月色在征尘中暗淡，
马蹄下迸裂着火星。
越河溪水，
被踏碎的月影闪着银光，
电火送着马蹄，
消失在希微的灯光中。

萧三主编：《革命烈士诗抄》，北京：中国青年出版社，1962年版，第194页。

【注释】
1. 这首诗是关向应仅存的一首诗作。

关泽恩

关泽恩（1908—1939），广东廉江人。1926年春，加入中国共产党。大革命失败后，赴日本留学。1928年回国，参加反日大同盟上海分会的工作。后赴苏联学习，致力于中国共产党在苏联的组织发展工作。1939年在苏联牺牲。

诗一首[1]

黑暗的神秘笼罩着光明的大地，
呼呼的秋风充满着宇宙的 THERE。
是在残秋的傍晚，我独伴明月坐海滨。
海涛的怒吼，落叶的呻吟，
震碎我游子的心房。
记得那年的初秋，辞别了我可爱的娘亲，
"儿呀，再会吧！不要忘了你衰老的爹娘……"
她那断续的哀吟正和海水相调唱。
啊，V 海之深洗不尽我那鲜血模糊的伤痕！
数载的漂泊，只是不堪回首的前尘。
不堪回首的前尘，愿你随海涛而永奔。

中共广东廉江县委党史办公室编：《碧血稔花》（第1集），广东省廉江县人民印刷厂，1984年版，第2页。

【注释】
1. 1929年春，关泽恩与廖承志一道在汉堡留学时作此诗。

郭沫若

郭沫若（1892—1978），原名郭开贞，笔名沫若、郭鼎堂等。四川乐山人。幼受母教及家塾教育颇深。1913年底赴日留学。五四运动爆发，对郭沫若影响很大。1921年与成仿吾、郁达夫等成立创造社。1926年参加北伐，次年参加南昌起义，途中加入中国共产党。1928年2月被迫流亡日本。1937年7月25日，郭沫若只身潜回祖国，领导文化界抗日宣传工作。1978年病逝。

力的追求者[1]

（1923年6月27日）

别了，低回的情趣！
别要再来缠绕我白热的心曦！
你个可怜的扑灯蛾，
你当得立刻烧死！

别了，虚无的幻美！
别要再来私叩我铁石的心扉！
你个可怜的卖笑娘，
请去嫁给商人去者！

别了，否定的精神！
别了，纤巧的花针！
我要左手拿着《可兰经》[2]，
右手拿着剑刀一柄！

郭沫若著作编辑出版委员会编：《郭沫若全集·文学编》（第1卷），北京：人民文学出版社，1982年版，第322页。

【注释】

1. 此诗为郭沫若开始系统地学习马克思主义理论，提倡无产阶级文学时所作。他开始告别五四时期的苦闷与彷徨，积极从事革命文学运动。

2.《可兰经》：又称为《古兰经》，是伊斯兰教一部节文精确而详明的经典。

太阳没了[1]
（1924年1月25日）

啊！太阳没了——在那西北的天郊，
弥天的晴云也暂时泯却了它的嘲笑，
消沉的万象都像随以消亡，
四海的潮音都在同声哀悼。

他灼灼的光波势欲荡尽天魔，
他滚滚的热流势欲决破冰垛，
无衣无业的穷困的兄弟们
受了他天上盗来的炎炎圣火。

圣火炎炎筑就了祝融[2]的宫殿，
猛烈的妖氛瘴雾却是漫野弥天，
好像在黄梅时分，时阴时晴，
艰苦的太阳哟，你终竟不能脱险！

啊，黑暗的魔怪会再来夜里跳梁，
眼前的坦途会见些森森鬼影来往，
已着火的炭块又会埋在死灰，
未倒塌的冰山又会负势竞上。

虽有群星丽天，可怜力太微远。
虽有月魄清媚，只伴幽人睡眠。

啊，我盼那散漫的群星淋成泪雨，
我盼那倡优般的玉兔化作杜鹃！……

"朋友哟朋友，莫用徒作杞忧！"
我的耳边突然有默雷的声音怒吼：
"你我都是逐暗净魔的太阳，
"各秉着赤诚的炬火，前走！前走！"

郭沫若著作编辑出版委员会编：《郭沫若全集·文学编》（第1卷），北京：人民文学出版社，1982年版，第331页。

【注释】

1. 这是列宁逝世时郭沫若作的一首表示悼念的诗，原载于《创造周报》。该诗对列宁的伟大功绩进行了歌颂，将其喻为"太阳"，更将无产阶级战士也喻为"太阳"，激励革命战士沿着列宁所指引的道路继续走下去。

2. 传说中的火神。

上海的清晨

（1923年1月4日）

上海市上的清晨
还不曾被窒息的 gasoline[1] 毒尽。
我赤着脚，蓬着头，叉着我的两手，
在马路旁的树荫下傲慢地行走，
赴工的男女工人们分外和我相亲。

兄弟们哟，我们的路是定了！
坐汽车的富儿们在中道驱驰，
伸手求食的乞儿们在路旁徙倚。
我们把伸着的手互相紧握吧！
我们的赤脚可以登山，可以下田，
自然的道路可以任随我们走遍！

富儿们的汽车只能在马路上面盘旋。

马路上，面的不是水门汀，
面的是劳苦人的血汗与生命！
血惨惨的生命呀，血惨惨的生命
在富儿们的汽车轮下……滚，滚，滚，……
兄弟们哟，我相信：
就在这静安寺路的马路中央，
终会有剧烈的火山爆喷！[2]

郭沫若著作编辑出版委员会编：《郭沫若全集·文学编》（第1卷），北京：人民文学出版社，1982年版，第319页。

【注释】

1. gasoline：英文，意为汽油。
2. 郭沫若尝试着用马克思主义基本理论来分析中国社会的现状，认清了统治阶级的反动本质、中国革命的对象，描述着贫富对立的社会现实。

郭石泉

郭石泉（1889—1930），江西铜鼓人。1926年参加革命，投身农民运动。1927年6月，建立农民自卫军，与土豪劣绅展开针锋相对的斗争。同年10月，不幸被捕。在狱中，坚贞不屈。1930年夏，在狱中被折磨致死。

榴　花
（1930年）

一枝红艳出墙东，绿叶扶疏[1]向不同。
但见丹心贯夏日，未开朱口笑春风。
当头色惹罗裙[2]妒，映眼姿疑烈火烘。
纵被摧残零落尽，谁将柔恨诉[3]天公。

危仁晸主编：《江西革命烈士诗词选》，南昌：江西人民出版社，1991年版，第75页。

【注释】
1. 扶疏：枝叶茂盛，高低疏密有致。
2. 罗裙：裙子，这里指妇女。
3. 诉：告的意思，告诉冤枉。

蜡　梅
（1930年）

北风烈烈舞婆娑[1]，白色而今恐怖多。
赤壁[2]包围成玉壁，黄河遮蔽变银河。
一竿叟[3]下寒江钓，六出[4]花飞富岁歌。
唯有蜡梅难压服，五葩[5]开着满枝柯。

危仁晟主编：《江西革命烈士诗词选》，南昌：江西人民出版社，1991年版，第77页。

【注释】

1. 婆娑：状似雪花一样盘旋飞舞。
2. 赤壁：山名，在湖北嘉鱼县、长江南岸，是历史上"赤壁之战"的地方。
3. 叟：古代对老人的称呼。
4. 六出：指雪花，花分瓣叫"出"，雪花为六角形，故以"六出"代雪花。
5. 葩：鲜花。

郭一清

郭一清（1902—1930），江西信丰人。1925年，领导赣州学生声援五卅运动。同年夏，加入中国共产主义青年团。1926年8月，加入中国共产党。1930年在红军第二次攻打长沙的战斗中牺牲。

歌 词[1]
（1927年3月）

爱同胞！爱同胞！
何为呼？何为号？
豺狼举刀，夺我英豪。
十八枪的仇啊，终久要报！

危仁晸主编：《江西革命烈士诗词选》，南昌：江西人民出版社，1991年版，第68页。

【注释】

1. 1927年3月6日，国民党反动派杀害赣州工人运动领袖陈赞贤后，郭一清以工农运动指导员的身份被派回信丰，在临江会馆主持召开了有工人、农民、学生和商界人士共700多人参加的陈赞贤烈士追悼会，他当场写下了这首悲壮的歌词。

七言诗[1]
（1928年2月）

拔山盖世眼重瞳，垓下悲歌莫路寻。
成败归天谁肯信，乌江自刎亦英雄。

危仁晸主编：《江西革命烈士诗词选》，南昌：江西人民出版社，1991年版，第69页。

【注释】

1. 1928年春，信丰"二二三"农民运动失利后，郭一清并不气馁，而是积极加强革命武装的建设工作。当他途经崇仙进入定南县界时，在黄柏山上的一座庵堂壁上，写下这首以明心志的七言诗。

何孟雄

何孟雄（1898—1931），湖南酃县人。中国共产党早期工人运动领导人之一，无产阶级革命家和政治活动家。中国共产党第三次全国代表大会代表。1931年在上海被捕，英勇就义。

狱中题壁[1]
（1922年）

当年小吏[2]陷江州，今日龙江做楚囚[3]。
万里投荒阿穆尔[4]，从容莫负少年头。

古文编著：《革命烈士诗选》，长春：吉林人民出版社，1999年版，第66页。

【注释】
1. 这是作者代表北平社会主义青年团赴苏联出席少共国际"二大"，途经黑龙江被捕入狱时，题在囚室壁上的诗。
2. 小吏：指宋江。宋江曾为郓城小吏，因在江州题反诗被捕入狱。
3. 楚囚：楚国人钟仪被晋国囚禁，人称楚囚。
4. 阿穆尔：即黑龙江。

何世昌

何世昌（1905—1930），湖北郧县人。1925年在武昌大学读书时加入中国共产党。1929年到广西从事革命活动，曾参加百色起义筹备工作。1930年2月1日龙州起义爆发，参与组织领导保卫龙州新生革命政权的战斗。同年3月，龙州失守后前往右江找红七军途中遭敌人追击被捕，4月在南宁英勇就义。

绝命词[1]

烈士，
视死如归然，
浩气凌青天，
奋身饮枪弹；
为工农，
争利权，
头颅抛荒山；
阶级斗争，
历史唯物观；
崇拜马克思，
服膺[2]列宁言！

陈欣德编：《广西革命烈士诗抄》，南宁：广西人民出版社，1987年版，第62页。

【注释】

1. 1928年6月写于湖北郧县牢狱中。当时，何世昌同志因当地劣绅黄文轩告发而被捕。

2. 服膺：牢牢记在心里。

骂劣绅[1]

未开言，不由人牙龈咬紧，
骂一声劣绅们狠毒奸佞，
我回来未住五天整，
为什么控告我丧尽良心？
今日里你纵然阴谋得逞，
为革命牺牲也显得我忠诚。
生为革命人，
死为革命鬼，
留一个忠义美名革命史上存。
骂劣绅骂得我口干舌敝，
你纵然暂时荣，万世臭名！

陈欣德编：《广西革命烈士诗抄》，南宁：广西人民出版社，1987年版，第63页。

【注释】

1. 1928年6月写于湖北郧县牢狱中。当时，何世昌同志因当地劣绅黄文轩告发而被捕。

何叔衡

何叔衡（1876—1935），湖南宁乡人。无产阶级革命家，中国共产党的创始人之一。1930年任共产国际救济总会和全国互济会主要负责人。次年秋赴中央苏区，历任中华苏维埃共和国中央执行委员会委员、工农检察人民委员、内务部代理部长等职。1934年10月中央红军主力长征后，留在中央革命根据地坚持游击战争。1935年2月24日，从江西转移福建途中，在长汀突围战斗时壮烈牺牲。

赠夏明翰[1]

（1920年）

神州大地起风雷[2]，投身革命有作为。
家法纵严难锁志，天高海阔任鸟飞。[3]

嘉陵辑录：《湖南革命烈士诗抄》，长沙：湖南人民出版社，1981年版，第134页。

【注释】

1. 这首诗作于1920年夏。当时皖系军阀张敬尧统治湖南，无恶不作。在毛泽东同志的领导下，各界掀起"驱张"运动的高潮，何叔衡同志率领"驱张"请愿团赴衡阳开展工作。在他的影响下，夏明翰同志积极参加学生爱国运动，但为祖父斥责和阻拦，被关在家里，祖父以"沉潭"相威逼。夏明翰同志毅然破窗出走，与封建家庭彻底决裂，随"驱张"代表来到长沙，在湖南自修大学及补习学校学习和工作。夏明翰同志这一革命行动，受到何叔衡同志的赞许与支持，并作此诗以资鼓励。
2. 风雷：这里借喻革命声势浩大。
3. 天高海阔句：这里指革命事业前途远大，革命者大有作为。

诗一首[1]

（1928 年）

身上征衣杂酒痕，[2]远游无处不消魂[3]。

此生合是忘家客[4]，风雨登轮出国门。[5]

嘉陵辑录：《湖南革命烈士诗抄》，长沙：湖南人民出版社，1981 年版，第 134 页。

【注释】

1. 1928 年 7 月，党派何叔衡与徐特立等同志赴莫斯科中山大学学习，在途经哈尔滨时，他就陆游《剑门道中遇微雨》一诗改作了这首诗，以表达自己对革命的向往和为国舍身忘家的决心，并借此揭露国民党反动派屠杀共产党人和人民群众的罪行。1931 年他去中央苏区工作时，曾将此诗重读给女儿听，并语重心长地对她们说："革命者就要抱定舍身忘家的决心。"

2. 征衣：旅行时身上穿的衣，带着尘土和酒渍。

3. 消魂：是说人在感触很深的时候，好像他的灵魂也要离开身体了似的。

4. 忘家客：舍身忘家的人。

5. 当时蒋介石背叛革命，正在到处屠杀共产党人和革命群众，作者就是在这种危急的情况下去莫斯科学习的。

何挺颖

何挺颖（1905—1929），陕西南郑人。早年积极参加学生爱国运动。1925年加入中国共产党。1926年初，从事工人运动。北伐时，任第八军的团指导员。1927年9月参加秋收起义，并随毛泽东同志上井冈山，历任第一团党代表、师党委书记、十一师党代表、三十一团党代表、二十八团党代表，为开辟和捍卫井冈山革命根据地做出了重要贡献。1929年初在战斗中壮烈牺牲。

寄谢左明[1]

（1925年）

南京路上圣血殷，百年侵略仇恨深。[2]
去休学者博士梦，愿作革命一新兵。

萧三主编：《革命烈士诗抄续编》，北京：中国青年出版社，1982年版，第77页。

【注释】

1. 这首诗作于1925年。当时何挺颖同志在上海大同大学学习，埋头钻研数学。这年五卅惨案发生，他决心投身到革命的洪流中。他在给好友谢左明的另一首诗中写道："对数表里查不出救国的良方，计算尺不能驱逐横行的虎狼。"

2. 指五卅惨案。圣血：为革命而流的血。殷：赤黑色。

再寄谢左明[1]
（1926 年）

四万万人发吼声，火山爆发世界惊。
中国有了共产党，散沙结成水门汀[2]。

萧三主编：《革命烈士诗抄续编》，北京：中国青年出版社，1982 年版，第 78 页。

【注释】
1. 这首诗作于 1926 年。五卅惨案后，何挺颖积极投入革命斗争，思想发生重大的变化，深刻地认识到了人民群众的伟大力量，写下了这首诗。
2. 水门汀：即水泥。

贺锦斋

贺锦斋（1901—1928），湖南桑植人。湘鄂边革命武装创建人。1926年参加北伐战争。1927年参加南昌起义，同年加入中国共产党。1928年回湘西地区，任新改编的工农革命军第四军第一师师长，中共湘西前敌委员会委员。同年9月8日，在战斗中牺牲。

浪淘沙[1]

我由广东回到上海，见反革命在各地屠杀工农群众，令人不胜悲愤；而美丽的上海，当时亦呈现了一片恐怖和凄凉的景象，因感而作此词，时1927年9月。

仰望蔚蓝天，
与水相连，
两岸花柳更鲜妍。
可惜一片好风景，
被匪摧残。

蒋匪太凶顽，
作恶多端，
屠杀工农血不干。
我辈应伸医国手，
重整河山。

萧三主编：《革命烈士诗抄》，北京：中国青年出版社，2004年版，第29页。

【注释】

1. 贺锦斋是贺龙的堂弟。1927年8月，他随贺龙同志参加南昌起义。1927年10月随军南下海陆丰后，在转移中与贺龙同志失去联系，于是乘船到上海找贺龙同志。这一首词，即是当时所写。

西江月

1928年秋由松滋撤退时,成千上万的农民皆弃家随军移走,大有携民渡江之况,我心怆然有感。

为了消弭灾难,
只有拼死搏战。
遥望江北与江南,
满地洪水泛滥。

可怜人民千万,
个个妻离子散。
莫道重湖[1]似海深,
未抵冤仇一半。

萧三主编:《革命烈士诗抄》,北京:中国青年出版社,2004年版,第30页。

【注释】
1. 重湖:指洞庭湖,古称洞庭为八百里重湖。

侯大风

侯大风（1906—1931），江西寻乌人。1927年加入中国共产党。1928年3月，参加寻乌农民武装暴动，负责政治宣传工作。先后创作了广为流传的《月光光光灼灼》《十话哥、十回妹》等革命山歌。1931年11月，因肃反扩大化被错杀。中华人民共和国成立后，被追认为革命烈士。

暴动歌[1]

（1928年）

我们大家来暴动，
消灭恶地主；
农村大革命，
打土豪分田地，
一个不留情。
建立苏维埃，
工农来专政！
实行新制度，
人类共大同，
无产阶级革命最后得成功。

我们大家来认清，
中国国民党，
反动大本营；
新军阀，反革命，
勾结日美英。
屠杀我工农，
卖国卖人民。
亲爱的工农兵，

　　　　　团结要加紧,

　　　　大家起来坚决打倒这些敌人。

　　危仁最主编:《江西革命烈士诗词选》,南昌:江西人民出版社,1991年版,第95页。

【注释】

1. 侯大风作的这首暴动歌,第二次国内革命战争时期在寻乌苏区广为流传。

胡 灿

胡灿（1895—1932），江西兴国人，是兴国县共产党组织创建人之一。1924年10月，考入黄埔军校第三期步兵科。次年7月，在校加入中国共产党。1926年，随国民革命军北伐，后参加了南昌起义。1932年5月，因肃反扩大化被错杀。中华人民共和国成立后，被追认为革命烈士。

七言诗[1]
（1924年5月）

少年久客粤江东，揽尽罗浮七二峰，
北顾中原烽火急，愿如投笔吏从戎[2]。

危仁晸主编：《江西革命烈士诗词选》，南昌：江西人民出版社，1991年版，第102页。

【注释】

1. 1924年5月，黄埔军校在广州成立，胡灿向往之，当即写了这首诗，以表达自己的志向。同年冬，毅然考入黄埔军校第三期。
2. 投笔从戎：文人从军叫投笔从戎。

给妻子的诗[1]
（1931 年春）

房子烧了不要紧，只求人在值千金；
共产主义定实现，阶级仇恨永记心。

危仁晁主编：《江西革命烈士诗词选》，南昌：江西人民出版社，1991年版，第103页。

【注释】
1. 1931年春，国民党反动派抓去胡灿的儿子，又烧毁他重建的房子（1929年7月曾被烧毁一次）。他接家信之后，写信安慰妻子赵自如，表现了他博大的胸怀和坚定的信仰。

胡福田

胡福田（1896—1928），广西桂平人。1918年离开家乡投奔军队。1925年脱离旧军队，入东江工农运动讲习所学习，同年冬加入中国共产党。大革命失败后仍坚持革命斗争。1928年出席中国共产党第六次全国代表大会。1928年12月在广西梧州北山脚下壮烈牺牲。

狱中诗[1]

（1928年12月）

蒋贼害民万夫指，明知有虎此山行。
母体腐烂新芽长，何吝热血洒鸳江。

陈欣德编：《广西革命烈士诗抄》，南宁：广西人民出版社，1987年版，第41页。

【注释】

1. 胡福田同志牺牲后，其亲属到梧州监狱收拾烈士的遗物时，发现烈士在狱中写下这一首遗诗。原诗后面还署着"送给革命同志。胡福田在狱中。1928年12月"等字样。

胡 筠

胡筠（1898—1934），湖南平江人。1924年底加入中国社会主义青年团。1925年，积极投身于五卅反帝爱国运动。1926年，加入中国共产党。1931年先后任中共湘鄂赣边特区区委常委、妇女部长等职。1934年4月被错杀。1945年在党的七大会议上平反昭雪，被追认为革命烈士。

诗一首[1]

（1927年4月）

绿荫深处无暑炎，席地看报也谈天；
男女穿上军武服，革命阵营意志坚。
保卫后方有责任，支持前线毋稍延；
三镇[2]基地金汤固，快听貔貅[3]奏凯歌。

危仁晸主编：《江西革命烈士诗词选》，南昌：江西人民出版社，1991年版，第115页。

【注释】

1. 1926年秋，胡筠考入武汉中央军事政治学校学习，她同赵一曼等同为女生学员。1927年"四一二"反革命政变后，她参加了平叛夏斗寅的战斗。出征前，挥笔作诗，抒发豪情壮志。

2. 三镇：即武汉三镇汉口、武昌、汉阳。

3. 貔貅：古代传说中的猛兽。

胡乔木

胡乔木（1912—1992）。原名胡鼎新，笔名乔木。江苏盐城人。1930年加入中国共产主义青年团。1932年加入中国共产党。从1941年起任毛泽东秘书、中共中央政治局秘书。中华人民共和国成立后，历任新华社社长、新闻总署署长、中共中央宣传部副部长等重要职务。1992年9月28日在北京逝世。

挑野菜[1]

> 打了春，赤脚奔，挑野菜，摘茅针。
> ——乡童谣

挑野菜哟。
来呀，大姐她是没空，
跟我来呀，别提腿痛，
挑野菜哟。

挑野菜哟。
瞧天！春来第一个好太阳，
坐在土上你闻得见香。
挑野菜哟。

挑野菜哟。
这一篮儿哪能算多？
今晚上妈说要煮一锅。
挑野菜哟。

挑野菜哟。
你且别忙回家，好妹妹，
听我跟你讲话歇一会。
挑野菜哟。

挑野菜哟。
喏喏，靠近来搂住我的头……
你知道昨天……我怎么能够！
挑野菜哟。

挑野菜哟。
没有什么，别瞧我的脸，
是草花里虫儿飞进我的眼。
挑野菜哟。

挑野菜哟。
回老家？唉，你的心肠真好！
还不一样？我往哪里逃？
挑野菜哟。

挑野菜哟。
野菜尽挑没有个完，
菜心虽苦它比我的甜，
挑野菜哟。[2]

《胡乔木诗词集》编写组编：《胡乔木诗词集》，北京：人民出版社，2002年版，第3页。

【注释】

1. 此篇发表于1937年3月25日《希望》第1卷第2期。署名乔木。1997年4月24日《人民日报》重载。

2. 全诗八节，每节四行。一、四两行是"挑野菜哟"的复唱，二、三两行每行10字上下，诗形错落而又整齐。《挑野菜》是胡乔木创造新格律诗体的一次相当成功的尝试。

胡也频

胡也频（1903—1931），福建福州人，"左联"五烈士之一。1924年开始创作诗歌和小说，并编辑《民众文艺周刊》。1930年3月，加入中国左翼作家联盟，任执行委员、工农兵通讯委员会主席，并被选为"左联"出席全国苏维埃区域代表大会代表。同年加入中国共产党。1931年1月17日，在准备去江西参加苏维埃代表大会时，被国民党反动派逮捕。同年2月7日被秘密枪杀于上海龙华。

恐怖的夜[1]
（1926年8月）

狂风吼后的空间，
长鸣的蟋蟀也寂然了，
黑暗沉沉地笼罩万物，
隔绝了芒芒的星的闪烁。

望不见白墙、柳树，
与玉泉山上的塔尖；
唯有无穷的空虚展布，
如缥缈的死音送给人类。

桐叶在瓦端作响，
遥应远处的枪声，
乌鸦遂离巢了，
将惨厉之声点缀静寥。

我从深梦里惊醒，
蒙眬地望着窗外；
天地已混成一色了，
深沉，战栗，何处有余风在叹气！

胡也频著：《胡也频选集》（上册），福州：福建人民出版社，1981年版，第 75 页。原载于 1926 年 11 月 11 日《晨报》副刊。

【注释】

1. 1926 年 8 月写于常德。

暴雨之来[1]
（1927 年 8 月）

旋风引来了狂乱的游鸦，
为暴雨的先导，
尘沙弥漫着，
是其威力的显示。

阳光被逼迫向树梢远遁，
如惊弓之野鸟。
乌云追踪而来，
欲吞没这世界。

树林现着恐怖，
发出畏难的呻吟，
雷声隐隐地震动，
却无意或得意地带点威吓。

宇宙变样了，如黑奴之面部。
在空间驰骤的电闪，
成了黑暗的无数裂痕，
又像是报告暴雨之来的时刻。

胡也频著：《胡也频选集》（上册），福州：福建人民出版社，1981 年版，第 120 页。原载于 1927 年 8 月 12 日《晨报》副刊。

【注释】

1. 1927 年 8 月写于北京。

别曼伽[1]
（1926 年 10 月）

我站在船头，
凝望荡漾的湘水，
任"大地垂沉""人声鼎沸"，
唯你的影儿在眼前隐现。

啊！幸福之梦成了这一片秋色，
我苦忆沪滨的草圃，
当蔷薇吐着芳香的时候，
该和你随星光而俱灭。

如今是担忧船身的窄小，
将禁不起我离愁的重载，
过去的甜蜜、懊恼，
与无穷的希望之彷徨。

我低声说："我的爱！"
眼睛因此潮湿了，
胸部因此热烈了，
但不闻你的回答。

听浅渚上的芦苇低吟，
疑是你潜来的脚步；
我狂欢着深深的吻痕，
可添一个在你唇边。

柳儿带着嘲弄在堤边飘舞，
（是多么欺人的放肆啊！）

因那失望如巨兽奔来,
霸占我无限的空虚。

你秀媚的眼光灿烂在黑暗里,
并艳冶我既碎的心花;
你那温柔的微笑,
使无意的眼波,今也"何堪回首"了!

啊!强暴的岁月,
悄悄地抢去宇宙的宝藏,
我俩仅有的青春之美,
留下一切狼藉之痕。

我能如狂狮怒吼,野鸟长鸣,
却无力细诉缠绵的哀怨。
啊,"永远"是白云的飘忽,
我但能静等生命的流。

可怖的灰色已在前途酝酿,
隐着高邱坟墓的安排;
远了,美丽的人儿之裙裾,
与浮在水上的残叶。

胡也频著:《胡也频选集》(上册),福州:福建人民出版社,1981年版,第76页。原载于1926年10月28日《晨报》副刊。

【注释】

1. 1926年10月写于常德。

黄 诚

黄诚（1914—1942），河北安次人。1931年九一八事变后，积极投身抗日救亡运动。1936年4月，加入中国共产党。1937年抗战全面爆发后，曾任新四军总政治部秘书长。1941年皖南事变后被俘，1942年牺牲于上饶集中营。

亡 命[1]

茫茫长夜欲何之？银汉低垂曙尚迟，[2]
搔首徘徊增愧感，抚心坚毅决迟疑。
安危非复今朝计，血泪拼将此地糜。
莫谓途难时日远，鸡鸣林角现晨曦。

萧三主编：《革命烈士诗抄》，北京：中国青年出版社，2004年版，第206页。

【注释】

1. 1936年2月，国民党反动派闯入清华大学搜捕进步同学，黄诚写下这一首诗，以表达自己在斗争中的决心。
2. 银汉低垂：指夜深。曙尚迟：离天亮还久。这是指当时中国处在反动派的黑暗统治之下，光明的前途还要等待一段时期。晨曦已经在望，光明毕竟不远。

黄日葵

黄日葵（1898—1930），广西桂平人。1920年参与发起成立北京大学马克思学说研究会，是北京共产主义小组最早成员之一。1927年，参加南昌起义，任革命委员会宣传委员会委员，随起义军南下，沿途开展宣传教育。1930年12月，在上海病逝。

小诗二首[1]

扯断篱山藤，
捣碎相思子；
免得明年再发花，
一场秋风又如此！

我爱中禅寺[2]，
甚于怜西子[3]。
西湖之水媚眼儿，
华严之泷泪不止。

陈欣德编：《广西革命烈士诗抄》，南宁：广西人民出版社，1987年版，第57页。

【注释】

1. 这两首小诗曾刊于1921年12月29日的《晨报副镌》和1922年1月出版的《少年中国》杂志第3卷第6期上。
2. 中禅寺：日本湖名，在日光山上。
3. 西子：即西湖，在浙江省杭州市区西，是我国著名的游览胜地。

天意不容闲[1]
（1927年）

五岳归来客，浩然游此山，
岂无休影思，天意不容闲。

陈欣德编：《广西革命烈士诗抄》，南宁：广西人民出版社，1987年版，第58页。

【注释】

1. 此诗是作者1927年路过家乡游览畅岩风景时写的，表达自己为革命忘我工作、永远战斗的豪情。

黄药眠

黄药眠（1903—1987），原名访荪、黄访、黄恍，笔名有达史、黄吉、番茄等，广东梅县人。1927年加入创造社。1928年加入中国共产党。1929年在莫斯科共产国际工作。1934年回国，任共青团中央宣传部部长。1944年加入中国民主同盟，积极参与推动抗日救亡的民主运动。抗日战争胜利后，在香港从事爱国民主运动。中华人民共和国成立后，任北京师范大学中文系教授，从事教学和研究工作。1987年9月3日病逝于北京。

拉车曲

一步，一步，一步，
我们稳固地踏上前走，
这负担虽然笨重，
但不妨把这条大索挂上肩头。

一步，一步，一步，
我们稳固地踏上前走，
我们且忍耐些儿痛苦，
等着，等着我们的光荣时候！

奴隶，且不要叹息吁吁，
我们的黎明期已距我们不远，
你看在那赤色的红云中，
已隐约有晨曦在前！

一步，一步，一步，
我们稳固地踏上前走，
我们有健康的身体和精神，

等着，等着我们的光明的时候！

朋友，他们的死期近了，
他们正在掘着他们自身的坟墓，
等待他们唱完了临终的夜歌，
我们一举手，他们都立地化成焦土！

一步，一步，一步，
我们稳固地踏上前走，
我们有健康的身体和精神，——
我们是将来的主人！

黄大地、张春丽编：《黄药眠诗全编》，北京：人民文学出版社，2010年版，第55页。

囚徒之春[1]
（1936年3月1日）

小鸟在檐前啁啾[2]地叫，
好像是对我们说：
春天已到了江南了。

它们一时向窗前盼睐[3]，
一时又飞到墙外去了，
啊，如果我能成一个飞鸟！——

墙头的杨柳已露出了鹅黄[4]，
街头的少女也已换上了新装；
但是我们这儿呢，
永远没有春天，永远没有太阳！

黄大地、张春丽编：《黄药眠诗全编》，北京：人民文学出版社，2010年版，第67页。

【注释】

1. 1934 年秋，诗人在担任共青团中央宣传部长时被国民党反动派逮捕，被判十年徒刑。这首诗是 1939 年春，诗人在莫愁湖边的一个牢狱里写的。此诗选自《文艺阵地》二卷 11 期，1939 年 3 月 16 日版。
2. 啁啾：象声词，形容鸟叫的声音。
3. 盼睐：探看。
4. 鹅黄：像小鹅身上的羽毛那样的一种嫩黄色。

赠东堤水上歌者

细风拂着长堤的春柳，
楼上的美人正梳罢她的春妆，
水边的娃子打着轻桨迎人，
我攀着稚柳的纤枝，带着春愁惆怅！

海上的重云，露出了新月如眉，
潋滟的春潮，时在堤前低语，
那水上的楼台隐约着一些红袖，
笼住了骚人的孤魄沉迷。

荡着的轻舸，在荧荧的水上浮游，
海上风来，时杂有笙歌要眇，
我独酌着一樽葡萄美酒，
一段的春愁，岂是春江的烟雨能描？

迷迷离离，闪闪烁烁的星影波光，
薄雾轻笼，时有红灯随着波光流浪，
咿哑，咿哑的橹声敲着春魂如梦，
深沁心脾的一阵美女的花香！

呀，小小的轻舟载着月色满船，
一点红灯照着美人的衣影，
她斜抱着琵琶轻按琴弦，
依约地斜露出发上的珠光明靓！

江风袅袅掀动了她腰下的罗衣，
她的双颊微红，似含有几分醉意，
纤纤的玉指拨动了琵琶低唱三声，
唉，好似绕船风雨，愁听着三峡猿啼。

唉，鬌龄的歌者哟，我也是伤心的穷客，
你不要把伤心的哀调轻弹，
你无限的悲哀都暗向指间偷诉，
但豪华的贵客谁会知命运对你的凶残。

唉，惜你这美满的年华空在风尘抛掷，
脆弱的身躯怎禁得夜深的风露轻寒，
一霎儿都变成了春阑花谢，
一谈往事杯中美酒也混合着珠泪汍澜！

邻舟的游客正在饮罢高歌，
时杂有咿呀的娇声低和，
但是我，我只是呆呆无语，
空对着鬌龄的歌女颜酡[1]。

轻盈盈的舸子又打着轻桨回来，
她无语登舟，一顷间又已隔着盈盈的春水，
我凝望着她水上的红灯渐远，渐远……
唉，我又感着人世飘零挥泪！

歌者哟，待到了秋风白露江寒，
我将为问你的消息，将载着寒月重来，

这时，你的琵琶也许已给泪花弹碎，
　　我的心情想也早已给秋风吹化成灰！

黄大地、张春丽编：《黄药眠诗全编》，北京：人民文学出版社，2010年版，第5页。

【注释】
1. 颜酡：醉后脸泛红晕。

黄治峰

黄治峰（1891—1934），壮族，广西奉议人。早年积极组织、从事农民运动。1928年加入中国共产党，次年参加百色起义，随后担任右江赤卫军总指挥、中国工农红军第七军营长、第四纵队纵队长等职。1934年在奉命回广西工作的途中，被国民党反动派杀害。

诗一首[1]

男儿立志出乡关，报答国家哪肯还，
埋骨岂须桑梓地，[2]人生到处有青山。

萧三主编：《革命烈士诗抄》，北京：中国青年出版社，1962年版，第104页。

【注释】

1. 这是黄治峰青年时代所写的一首诗，改自日本僧人释月性的《将东游题壁》"男儿立志出乡关，学若无成不复还。埋骨何期坟墓地，人间到处有青山"句。

2. 古代的人们经常在自家的房前屋后植桑栽梓，后来，人们便常用"桑梓"来代称故乡。

吉鸿昌

吉鸿昌（1895—1934），河南扶沟人，祖籍陕西韩城。1913年入冯玉祥部。1932年加入中国共产党。1934年参与组织中国人民反法西斯大同盟，被推为主任委员，秘密印刷《民族战旗》报，宣传抗日。11月9日，在天津法租界遭军统特务暗杀受伤，遭工部局逮捕。经蒋介石下令，吉鸿昌被杀害于北平陆军监狱，时年39岁。

进攻多伦训誓[1]
（1933年7月7日）

有贼无我，有我无贼。
非贼杀我，即我杀贼！
半壁河山，业经[2]变色。
是好男儿，舍身救国！

杨子才编注：《民国六百家诗钞：1911—1949年》，北京：长征出版社，2009年版，第255页。

【注释】

1. 此诗为作者在进攻多伦日寇前对战士所吟诵。多伦，位于内蒙古自治区锡林郭勒盟东南部。1933年7月，吉鸿昌将军率抗日同盟军收复被日军占领的多伦县城。
2. 业经：已经。

就义诗[1]
（1934年11月24日）

恨不抗日死，留作今日羞。

国破尚如此，我何惜此头。

杨子才编注：《民国六百家诗钞：1911—1949年》，北京：长征出版社，2009年版，第256页。

【注释】

1. 此诗为吉鸿昌将军就义时在刑场的土地上，用一根树枝所写，寥寥数语，无限豪情，无限悲愤。

蒋光慈

蒋光慈（1901—1931），安徽霍邱人。1921年5月至莫斯科共产主义劳动大学学习，次年加入中国共产党。1924年秋，归国后从事文学活动，组织春雷文学社。1925年2月，参加创造社。1928年，与孟超、钱杏邨等人成立太阳社。与鲁迅、柔石、冯雪峰等人组成中国左翼联盟筹备小组。1930年3月，"左联"成立时被选为候补常务委员。1931年8月31日病逝于上海。

哀中国[1]

（1924年11月21日）

我的悲哀的中国！
我的悲哀的中国！
你怀拥着无限美丽的天然，
你的形象如何浩大而磅礴！
你身上排列着许多蜿蜒的江河，
你身上耸峙着许多郁秀的山岳。
但是现在啊，
江河只流着很呜咽的悲音，
山岳的颜色更惨淡而寥落！

满国中外邦的旗帜乱飞扬，
满国中外人的气焰好猖狂！
旅顺大连不是中国人的土地么？
可是久已做了外国人的军港；
法国花园不是中国人的土地么？
可是不准穿中服的人们游逛。

哎哟！中国人是奴隶啊！
为什么这般地自甘屈服？
为什么这般地萎靡颓唐？

满国中到处起烽烟，
满国中景象好凄惨！
恶魔的军阀只是互相攻打啊，
可怜小百姓的身家性命不值钱！
卑贱的政客只是图谋私利啊，
哪管什么葬送了这锦绣的河山？
朋友们，提起来我的心头寒——
我的悲哀的中国啊！
你几时才跳出这黑暗之深渊？

东望望吧，那里是被压迫的高丽；
南望望吧，那里是受欺凌的印度；
哎哟！亡国之惨不堪重述啊！
我忧中国将沦于万劫而不复。
我愿跑到那昆仑之高巅，
做唤醒同胞迷梦之号呼；
我愿倾泻那东海之洪波，
洗一洗中华民族的懒骨。
我啊！我羞长此沉默以终古！

易水萧萧啊，壮士吞仇敌；
燕山巍巍啊，吓退匈奴夷；
回思往古不少轰烈事，
中华民族原有反抗力。
却不料而今全国无声息，
大家熙熙然甘愿为奴隶！

哎哟！我是中国人，
我为中国命运放悲歌，
我为中华民族三叹息。

寒风凛冽啊，吹我衣；
黄花低头啊，暗无语；
我今枉为一诗人，
不能保国当愧死！
拜伦曾为希腊羞，
我今更为中国泣。
哎哟！我的悲哀的中国啊！
我不相信你永沉沦于浩劫，
我不相信你无重兴之一日。

蒋光慈著：《蒋光慈文集》（第3卷），上海：上海文艺出版社，1985年版，第391页。

【注释】

1. 此诗是作者1924年7月回国之后写下的。这时作者从列宁故乡"新鲜的，自由的，光明的空气"中来到"黑暗萃聚的上海"，感到所见所闻"无一件不与我的心灵相冲突"。他这个时期的作品，深刻地反映了当时帝国主义唆使各派军阀混战的现实，怒斥了他们制造"二七"惨案等罪行。

海上秋风歌
（1925年10月）

海上秋风起了，
吹薄了游子之衣；
到处都是冷乡啊，
我向何方归去？

海上秋风起了，

　　吹得大地苍凉；

　　满眼都是悲景啊，

　　望云山而惆怅。

　　海上秋风起了，

　　吹颤了我的诗魂；

　　触目频生感慨啊，

　　哀祖国之飘零。

蒋光慈著：《蒋光慈文集》（第3卷），上海：上海文艺出版社，1985年版，第385页。

哭孙中山先生[1]

（1925年3月13日）

　　这轰动声是泰山的倾跌？

　　这澎湃声是黄河的破裂？

　　唉！在中华民族命运的悲哀里，

　　我又要哭先生到泪尽而力竭！

　　我只道微小作祟的病魔

　　怎敌得科学的万能和先生的壮气；

　　我只望先生在最短的时间健起，

　　好领导这痛苦的民众奋斗而杀敌。

　　又谁知病深时科学也不能为力，

　　又谁知先生竟一病而不起！

　　呜呼！在万人希望和祷告的声中，

　　先生……先生……你今居然死矣！

举国屈服于外力的压迫下，
举国吟呻于军阀的残暴里，
先生！唯有你做民众的先锋，
唯有你虽经百挠而不屈。

神州遍流着漫天的洪水，
中华民族眼看将沉沦而不起，
先生！唯有你以救亡为己志，
唯有你数十年奔走革命如一日。

我去年在莫斯科哭列宁的泪还在湿，[2]
不料今日又将此泪来痛哭你！
我哭列宁因他为无产阶级的首领，
我哭你因你是中华民族的导师。

我相信中华民族终有重兴之一日，
我相信你的精神将永存在民众的心灵里；
纵让那恶魔一时地得意而欢腾，
先生啊！你的墓上之花终究是要芬芳的！

这轰动声是泰山的颠倒？
这澎湃声是黄河的浪涛？
先生！但愿你这一死去，
永把中华民族的迷梦惊醒了！

蒋光慈著：《蒋光慈文集》（第3卷），上海：上海文艺出版社，1985年版，第406页。

【注释】

1. 1925年3月12日上午9时30分，中华民国与中国国民党的缔造者孙中山先生，因患肝癌医治无效,在北京东城铁狮子胡同5号行辕逝世,终年59岁。诗人饱含哀伤之情痛悼孙中山先生,感人肺腑。

2.1924年1月21日下午6时50分,列宁因病在莫斯科附近的哥尔克村与世长辞,终年54岁。蒋光慈在列宁逝世后专门写下了《哭列宁》的诗歌和散文,并在《新青年》上发表。

江上青

江上青（1911—1939），江苏扬州人。1927年考入南通中学高中部，加入中国共产主义青年团，走上了革命道路。1929年加入中国共产党。1938年11月，任皖东北特别支部书记，负责开辟皖东北抗日根据地的准备工作。1939年7月，遭地主反动武装伏击，壮烈牺牲。

冷漠的世界[1]
（1930年）

诅咒它，可怖的车轮，
推送我们停在这世界的边缘，
世界边缘的黯黑的荒村。
盲子一样地被牵出来，
横在面前的是怪兽的狞恶的口，
张开着，将我们迅速地，
迅速而细心地生吞。
踏进另外一个世界，
生存在里面是无限的空漠，
无限的空漠和冰窖般的寒冷。
怕我们的青春会埋葬在冷漠的世界里，
为什么不燃烧起血和心脏？
变成青春的火紧伴着我们！

江上青著：《江上青烈士诗抄》，北京：当代中国出版社，2001年版，第10页。

【注释】

1. 作者用象征的笔触诅咒黑暗的旧世界，表达了对"冰窖般的寒冷""冷漠的世界"的深恶痛绝，以及燃烧起血和心脏，将这黑暗的旧社会彻底烧毁的愿望。

心脏的拥抱

（1930年）

生活在它们中间，

钢铁和水门汀中间，[1]

我们觉得慢慢地，

慢慢地回复到青春，

力的青春了。

血管里重新注进钢铁的血潮，

坚凝的水门汀磨去我们肤面的脂膏，

——心脏被锻炼了。

我们有六千人，

只有一个心脏，

目前虽然不能痛快地亲切地握手，

然而心脏是早已拥抱着了——

啊，融合着了。

将我们融合着的心脏迸出去，

和地球拥抱，

和地狱里的人们拥抱！

江上青著：《江上青烈士诗抄》，北京：当代中国出版社，2001年版，第12页。

【注释】

1. 该诗1930年初写于上海提篮桥监狱西牢。"钢铁和水门汀中间"，即指监狱。当时这个监狱关押着大约6000人，其中大部分是所谓的政治犯。作者虽然身陷囹圄，但革命意志没有消沉，他感到监狱如同另一个战场，重新战斗的力量正在慢慢地聚集和恢复。

血的启示[1]
——悼死难的战士
（1931年）

血的历史的洪流，
终久汇集了你们的由火焰的心腔里
迸出来的鲜红的血，湍急地奔向
那桃色的朝霞和中午的太阳去了。
时代染成了这幅血的油画，
一滴一滴地流出来的血，
要永远涂在历史上面，
不能让银色的恐怖遮掩了灿烂的光辉。
你们的血归入历史的血的洪流，
它启示，启示我们谁是历史的叛徒。
顺着你们的血流的河床，
洒上我们的心腔里的也是和你们一样的
烧得融化了的铁汁。
最后的一滴血流尽，
伟大的历史的血的洪流会冲破
叛徒们的安乐的樱桃和白玉的美梦。
它启示我们的
是我们应该负起的血的使命啊！

江上青著：《江上青烈士诗抄》，北京：当代中国出版社，2001年版，第30页。

【注释】

1. 该诗写于1931年春。在白色恐怖下，江上青两次被捕入狱，受尽折磨，目睹了许多难友牺牲。第二次被捕获释后，又得知一大批革命志士先后遇难，他怀着满腔义愤写下了这首诗，决心担负起解放人民的使命。

柯仲平

柯仲平（1902—1964），云南宝宁人。1926年到上海，在创造社出版部、狂飙社出版部工作，并在建设大学任教。1930年加入中国共产党。1937年到延安，曾任陕甘宁边区文化协会副主任、主任兼民众剧团团长。中华人民共和国成立后，历任中国文联全国委员会委员、中国作家协会副主席、西北文联主席等职。

莫懒惰呀莫疏忽[1]

（1919年）

莫懒惰呀妹妹！
莫疏忽呀哥哥！
我们是——
幸福的享受者，
连续不断的创造者。
前面就是自由之路了，
快跑！
快跑！
莫懒惰呀妹妹！
莫疏忽呀哥哥！

王琳编：《柯仲平诗文集》，北京：文化艺术出版社，1984年版，第1页。

【注释】
1. 1919年写于昆明。此诗原为歌词，当时在云南等地传唱颇广。

白马与宝剑
——情曲中之一
（1920年2月10日）

最初与最后的时间，
要缩成了现在的一点，
有灵的并没灵的，
苍茫一片；
绝崖抱怨不言，
海风冲击着——这一块悲凉的天；
你愁愁不言的姑娘啊！
何缟素如此，独自飘来绝崖边！
我知你所求不见，
又知你厌倦人间，
啊！你所愿啊你所愿，
请看我——愤懑的胸前，
心箧里抽出的一支宝剑！

玉泉山下的玉泉，
虚无岛上的神仙，
到你真要寻求时，
他身也不现，
心也不现，
留下的，只你心湖上几个而已矣的漪涟！
何人？——早已造下了馒头包子式的土屋一间，
你来告我：
"一切有生无生的给它毁灭！
生前已够我厌倦，
莫使我更带着厌倦入九泉，
而且啊，谁愿埋葬泥土间？
就是那不清澈的江海亦谁愿？"

"盼着天崩,
也盼着地陷,
更盼着个长尾的星儿,
击碎了这样的个人间;
更,更盼着——骑一匹腾云的白马,
从此隔绝了!从此登仙!
——然而,天何时崩?地何时陷?
献白马的人儿呀!可在世间?
人们偏要做个人的锁链,
家中于我,已同牢监;
除白马,我今已无所挂念,
就恐我所要的白马呀——不在世间!"

你又说,你所需求的不一定是座乐园,
悲剧是人生的结局你和我同见;
创世者何等肤浅啊何等肤浅,
宇宙内之一切,不使你——片刻流连,
我能相信的,除非你所自造的一座乐园,
比如诗歌的——是"自己的表现";
我今愿为你断那无形链,
恐怕你要说:"你可加锁几重吧!
谁愿啊,别人为我解锁链,
谁愿啊,别人为我解锁链!"

原不求他人的谅解与可怜,
人群的谩骂亦等于假意的称羡;
啊!我一想起自身来,
也愿多作诅咒斩敌文几篇;
——但如今,我梦化为仙,
我梦入取海底那颗慰愁丸,
我愿且祷祝,哪一天
你所要的白马果能实现!

我愿！我愿！
我愿在那不觉中
持剑儿随你向前！

你这愁愁啊，你厌倦，
时间既已缩成了现在的一点，
有灵的并没灵的又苍茫一片；
这世间，你住所既已难寻，
这世间，这世间，
为甚还许这个世间残喘而苟延？！
你崖边上的姑娘啊！
你要往，你又说："往哪儿去？"
你欲绝，你又说："太不美了，
绝不在这样的世间！"
啊！我能做那万恶的化身吗？——
啊！我愿！我愿！
开你胸怀呀！——
啊！我这悲鸣而泪泣的一支宝剑！

神的纪元20年[1]

王琳编：《柯仲平诗文集》，北京：文化艺术出版社，1984年版，第2页。

【注释】
1. 神的纪元20年：即公元1920年。

赠爱人

（1936年）

看后面，
后面是我们血染成的大道；
看前面，

前面是我们要开辟的峦野荒郊；

想什么空头心事呀？

走，走，走，

机警地走！

壮勇地走！

按着一定路线走！

赠爱人，

年年有红花绿草；

辟道路，

手里是斧头镰刀；

想什么空头心事呀？

走，走，走，

机警地走！

壮勇地走！

按着一定路线走！

　　王琳编：《柯仲平诗文集》，北京：文化艺术出版社，1984年版，第61页。

蓝飞鹤

蓝飞鹤（1901—1930），福建惠安人。1929年初加入中国共产党。1930年任工农红军福建独立一师二团团长，同年9月参与组织领导"惠安暴动"。暴动失败后，在转移途中不幸被捕，随后英勇就义，时年29岁。

无 题

闽南土匪惠安最,[1]此剥彼敲无已时。
饭桶大官如醉梦，倒悬[2]民苦有谁知？

萧三主编：《革命烈士诗抄续编》，北京：中国青年出版社，1982年版，第91页。

【注释】
1. 北洋军阀统治时期，福建惠安土匪横行，人民极度痛苦。
2. 倒悬：即倒挂，指极度痛苦。语出《孟子·公孙丑》"民之悦之，犹解倒悬也"句。

绝命诗[1]

横胸铁血[2]扫难开，浩劫摧磨志不灰。
满地铜驼荆棘[3]变，游魂应逐战旗来。

萧三主编：《革命烈士诗抄续编》，北京：中国青年出版社，1982年版，第91页。

【注释】
1. 此诗是蓝飞鹤于1930年9月在狱中所作。
2. 铁血：指为革命而牺牲的壮志。
3. 荆棘：指战乱。晋朝的索靖有远见，他看到大乱要来了，指着洛阳宫门前的铜骆驼叹气道："将要看到你埋在荆棘丛中了。"

冷少农

冷少农（1900—1932），原名冷肇隆，贵州瓮安人。1925 年加入中国共产党。1926 年 7 月，受党组织的派遣，参加了国民革命军北伐。大革命失败后，根据党的指示，隐蔽了党员的身份，到南京从事地下工作，给党搜集了大量情报。1932 年，被国民党反动派杀害于南京雨花台。

我们的将来
（1925 年）

我们的将来，
无论遭何打击，
究竟怎样划算？
我们的手段：
干！干！干！

任他四周如何黑暗。
即使无路可走，
我们的精神：
仍然愈进愈烈！
不屈不挠！
不变换！

人们究竟怎样划算？
我们只要手段不乱，
精神一贯，
前途虽是茫茫，
自然会有光明的一天。

贵州省博物馆编：《贵州革命烈士诗抄》，贵阳：贵州人民出版社，1980 年版，第 28 页。

李伯钊

李伯钊（1911—1985），女，笔名戈丽，重庆人。1926年赴苏联学习。1931年回国后，曾任闽西红军政治部宣传科长，同年加入中国共产党。她先后担任《红色中华》编辑、苏维埃政府教育部艺术局局长等职。1949年后历任中共北京市委文委书记、北京市教育局副局长、中央戏剧学院党委书记兼副院长。1985年4月17日在北京病逝。

两大主力会合歌[1]
（上前线歌调）

两大主力军邛崃山脉胜利会师了，
欢迎红四方面军百战百胜英勇弟兄！
团集中国苏维埃运动中心的力量，嗳！
团集中国苏维埃运动中心的力量，
坚决赤化全四川！

万余里长征经历八省险阻与山河，
铁的意志血的牺牲换得伟大的会合！
为着奠定赤化全国巩固的基础，嗳！
为着奠定赤化全国巩固的基础，
高举红旗往前进！

《李伯钊文集》编辑委员会编：《李伯钊文集》，北京：解放军出版社，1989年版，第772页。

【注释】

1. 这是红军长征途中，李伯钊和陆定一合写的歌词。

李贯慈

李贯慈（1908—1947），河南沁阳人。1932年加入中国共产党。1937年七七事变后被分配到八路军三五九旅工作。1944年冬，赴延安参加整风运动。1945年秋，任冀东行署秘书长。1947年冬，病逝于冀东军区医院。

哭辽东[1]

哭罢江山无泪流，亡国惨祸已临头！
恨尔民贼方得意，哀此匹夫能不羞？[2]
复我片土可百世，杀敌一毛足千秋[3]！
男儿一副好身手，拼将热血洒神州。

中国青年出版社编：《革命烈士诗抄》，北京：中国青年出版社，1966年版，第73页。

【注释】

1. 这首诗是作者于1931年9月间日寇侵占沈阳后愤极而作。
2. 民贼：指杀害东北人民的日本帝国主义和汉奸。匹夫：指下命令不抵抗、断送东北的蒋介石。
3. 足千秋：足以不朽。

李鸣珂

李鸣珂（1899—1930），四川南部人。1925年，到广东黄埔军官学校第四期步兵科学习，不久加入中国共产党。1926年秋，被分配到叶挺部下任中队长，并随师北伐。1928年，受中央委派，回四川任省军委书记，领导武装革命，建立了南部地下党。1930年4月18日被捕，不久慷慨就义。

就义词[1]
（1930年4月）

天愁地暗，
惨雾凄凉，
千万人声沸腾，
来到杀场，
不觉恨填胸。
我心中含着许多悲愤，
别了！别了！别了！
许多朋友别了，
许多士兵别了，
许多工农及一切劳苦大众别了。
我今躺在血地上，
切莫为我空悲痛，
但愿对准我们的敌人猛攻，猛攻！

梅嘉陵编：《先驱者诗联选》，上海：上海人民出版社，1986年版，第123页。

【注释】

1. 这是李鸣珂就义前写的诀别词。

李少石

李少石（1906—1945），广东新会人。1925 年，考入广州岭南大学，同年加入中国共产主义青年团。1926 年加入中国共产党。1930 年在香港组建中共秘密交通站。1937 年前往华南开展抗日斗争。1943 年前往重庆，担任八路军驻渝办事处秘书、《新华日报》记者兼编辑等职。1945 年 10 月 8 日下午在重庆红岩村附近不幸遇难。

寄 内[1]
（1934 年 2 月）

一朝分袂两相思，何日归来不可期。
岂待途穷方有泪，也惊时难忍无辞。
生当忧患原应尔，死得成仁未足悲。
莫为远人憔悴尽，阿湄犹赖汝扶持。

李少石著：《少石遗诗》，北京：生活·读书·新知三联书店，1979 年版，第 2 页。

【注释】

1. 1934 年 2 月 28 日作者在沪为叛徒出卖被捕。1937 年周恩来同志在国共和谈中提出释放政治犯，作者始获释。此诗是作者在狱中所作。

寄 母[1]
（1934 年 2 月）

赴义争能计养亲，时危难作两全身。
望将今日思儿泪，留哭明朝无国人。

李少石著：《少石遗诗》，北京：生活·读书·新知三联书店，1979年版，第6页。

【注释】
1. 此诗为作者被捕后在狱中所作。

李司克

李司克（1911—1930），四川江安人。1927年冬，加入中国共产党。1930年在广汉女子中学任教，策动驻军二十八军第二混成旅起义。同年10月，在广汉女中以鸣钟为信号，发动了"广汉起义"，起义军奋勇抗战，但终因寡不敌众而失败。李司克也不幸被捕，随后英勇就义，时年19岁。

Vector[1]
——给我念念不忘的测苇
（1929年残秋于云现女中）

其一

我去了，我去了，
今后浪迹天涯！
家庭的诘责，
乡党的舆论，
朋友的鄙视，
这都是不值留恋和顾虑哟！
我愿站在
那大炮口前！
我愿睡在
那白刀尖[2]上！
寻找自由无羁的天乡[3]。

其二

我去了，我去了，
今后浪迹天涯！
山风呀怒号！
海水呀滔滔！
旅客呀心摇！

这大概是火山爆发的预兆！

赶紧烘热

自己的胸膛！

赶紧握着

残红的戈矛！

快快把地球迸去[4]火烧。

萧三主编：《革命烈士诗抄续编》，北京：中国青年出版社，1982年版，第93页。

【注释】

1. Vector 为物理学名词定向量。在此诗中意为定向的力量，指确定革命的方向，投奔革命。这首诗原载于1930年1月6日成都《白日新闻》副刊。

2. 白刀尖：即刀口。

3. 天乡：理想的境地，意为革命胜利后的幸福生活。

4. 迸去：本意为飞溅或喷射，这里当指推入，把地球推到烈火中去，指到处燃起革命的烈火。

李慰农

李慰农（1895—1925），原名李尔珍。安徽巢县人。1920年赴法勤工俭学，其间加入中国共产党，被称为"农民博士"。1925年回国，多次组织领导青岛纱厂大罢工等工人运动，控诉日本帝国主义及封建军阀的罪行。不幸被逮捕，受尽酷刑，坚贞不屈。1925年7月29日深夜，在青岛团岛英勇就义。

游采石乘轮出发[1]

浩浩长江天际流，风吹乐奏送行舟。
问谁敢击中流楫[2]，舍却吾侪孰与俦！[3]

张绍麟编著：《李慰农》，北京：中共党史出版社，2005年版，第15页。

【注释】

1. 此诗为1916年春，李慰农与同学一起乘船去采石矶春游，在江轮上触景生情，慷慨高吟。笔锋遒劲，文采飞扬，气概豪迈。

2. 击中流楫：《晋书·祖逖传》："中流击楫而誓曰：'祖逖不能清中原而复济者，有如大江。'"比喻立志奋发图强。

3. 侪：同辈；俦：同伴。拯救中华民族的责任我辈义不容辞，表达作者的远大抱负和以天下为己任的博大胸怀。

李延平

李延平（1903—1938），吉林延吉人。九一八事变后，参加黑龙江省宁安县的抗日救国军，任军部参谋。1932年6月，加入中国共产党。1936年初，任东北抗日联军第四军军长，率部攻克多个日伪军据点。1938年10月，在五常县身负重伤，壮烈牺牲。

游击队

我们是共产党领导的抗日游击队，
我们在各个战场上都打胜仗。
为了从祖国领土上赶走日本法西斯，
同志们不断地战斗在寒冷的疆场。
脚下的雪花越铺越厚，
霜雪凝成的冰溜越挂越长。
严寒不能把英雄们吓倒，
千万个神枪手挥动着步枪。
冻得麻木的手继续着射击，
尽管血水脑浆溅满了衣衫。
把抗日游击战争进行到底，
胜利的火花闪耀着一簇簇红光。[1]

朱宏启主编：《东北抗日联军将领传》（第1辑），北京：团结出版社，1993年版，第305页。

【注释】

1. 1935年4月，李延平任东北抗日联军第四军军长。同年六七月间，率部在富锦县西山里叶子沟一带成功袭击了宝清七区几个伪甲所，开辟了抗日游击区。同年冬天，抗联第四军在大叶子沟建立密营，对干部战士进行冬季整训。李延平亲自上政治课和理论课，讲授无产阶级革命理论。在此期间写下这首激励鼓舞战士的诗。

廖承志

廖承志（1908—1983），曾用名何柳华，广东惠阳人。中国无产阶级革命家，党和国家的优秀领导人。1928年加入中国共产党。1933年9月参加中国红军，担任川陕苏区省委常委、工会宣传部部长。1934年任红四方面军总政治部秘书长，在红色中华通讯社负责广播工作。1946年至1948年担任新华通讯社社长、中共南方局委员、中央宣传部副部长等职。1983年6月10日在北京病逝。

戴枷行万里[1]

（1935年）

莫蹉跎，岁月多。
世事浑如此，何独此风波。
缠索戴枷行万里，天涯海角任消磨。
休叹友朋遮面过，黄花飘落不知所。
呜呼，躯壳任它沟壑填，腐骨任它荒郊播。
宇宙宽，恒星夥，
地球还有亿万年，百岁人生一瞬过。
笑，笑，笑，何须怒目不平叫？
心透神明脑目通，坦怀莞尔心光照；
绳套刀环不在手，百年自有人照料。

廖承志著：《廖承志文集》（下卷），北京：人民出版社，1990年版，第796页。

【注释】

1. 1934年12月，廖承志因反对张国焘"左"倾错误，被张国焘以"国民党特务"罪名逮捕关押，后被押解参加长征。此诗为长征途中所作。

林伯渠

林伯渠（1886—1960），原名林祖涵，字邃园，号伯渠。湖南安福人，是党和国家重要领导人之一。1921年1月，通过李大钊、陈独秀介绍，加入上海共产主义小组。参加长征抵达陕北后，先后担任中央政府财政部部长、陕甘宁边区政府主席等职。1937年8月，林伯渠任八路军驻陕办事处党代表，主要负责统一战线和对外联络工作。1945年4月，参加党的七届一中全会，被选为中央政治局委员。1960年5月29日病逝于北京。

郴衡道中

（1918年春）

参加护法之役，在郴衡道中闻十月革命胜利作。[1]

春风作态已媚人，路引平沙履迹新[2]。
垂柳如腰欲曼舞，碧桃有晕似轻颦[3]。
恰从现象能摸底，免入歧途须趱行[4]。
待到百花齐放日，与君携手共芳辰。

林伯梁著：《林伯渠同志诗选》，北京：中国青年出版社，1980年版，第11页。

【注释】

1. 1917年7月，复任总理的段祺瑞，废除辛亥革命时期由孙中山在南京制定的《临时约法》。8月，孙中山在广州召开国会非常会议，成立军政府。9月，非常会议推举孙中山为大元帅，举起护法旗帜，开始了护法战争。11月7日，列宁领导的十月革命胜利。郴衡：湖南的郴州和衡阳。

2. 履迹新：踏在沙上印出新的脚迹，比喻新的道路。

3. 有晕：指花瓣的色彩有浓淡。轻颦：微微皱眉和微笑，状似少女的美。这里表达作者听到十月革命胜利后愉快的心情，觉得自然景物更为美好。

4. 恰从二句：指恰好从十月革命的现象里找到彻底解放的真理，为了避免走歧路要快赶上去。

林 青

林青（1911—1935），原名李远方，贵州毕节人。1929 年加入中国共产主义青年团，走上了革命道路。1931 年加入中国共产党，组织领导"草原艺术研究社"宣传抗日。林青在配合红军转战贵州、发展党的组织等方面做出了贡献。1935 年 7 月 19 日不幸被捕，9 月 14 日壮烈牺牲。

热 血
（1934 年 1 月）

真理被"道德"[1] 欺骗，
两种人类各在天一边，
愿将满腔热血，
换来幸福人间。

董有刚、戴亚雄编：《贵州革命烈士诗书选抄》，贵阳：贵州人民出版社，1997 年版，第 55 页。

【注释】
1. 这里的"道德"，指的是封建道德。

悼亡妹[1]

五龙桥[2]在毕城南，
五龙桥下浅水清，
淹不了古塔的倒影，
这其间有许多起伏的坟茔。
……

董有刚、戴亚雄编：《贵州革命烈士诗书选抄》，贵阳：贵州人民出版社，1997 年版，第 56 页。

【注释】

1. 这首诗是林青为悼念被反动势力摧残致死的妹妹而作。全诗多段，除这一段外，其余均遗失。

2. 五龙桥：在毕节南门城外，系当时的公墓所在地。

林育南

林育南（1898—1931），湖北黄冈人。1921年参加中国共产党。任中国劳动组合书记部武汉分部主任，是二七大罢工的领导人之一。曾任团中央书记及《中国青年》主编。1927年，在中国共产党第五次全国代表大会上，被选为中央候补委员，任中华全国总工会执行委员兼秘书长。大革命失败后，曾任中共湖北省委常委。1931年1月17日在上海被捕，2月7日被国民党反动派杀害于上海龙华。

龟蛇吟[1]
（1923年）

龟蛇古灵物，向如俗所称。
龟灼卜先知，蛇起兆战争。
我来江汉浒，数载与君邻。
朝上抱冰堂，暮宿紫阳亭。[2]
邦国亦黍瘁，贫困辱苍生。
哀鸿满泽国，郑侠[3]实怆神。
视天若梦梦，龟蛇何昏沉。
谁知超群力，于今竟无闻。
念兹将去汝，适彼海之垠。

古文编著：《革命烈士诗选》，长春：吉林人民出版社，1999年版，第63页。

【注释】

1. 此诗是1923年作者同罗章龙等同游武汉龟山而作。借咏龟蛇二山景物，抒发忧国忧民的情怀。龟蛇：指龟、蛇二山。龟山状若巨鼋，在汉阳城北。蛇山形似伏蛇，头临大江，尾插武昌。两山夹江对峙。

2. 抱冰堂、紫阳亭：均为山上的名胜建筑。

3. 郑侠：宋人，幼苦学，为王安石所重。反对新法，借旱灾绘流民图献给神宗，把灾民疾苦归咎新法。

刘伯坚

刘伯坚（1895—1935），四川平昌人。1920年赴欧洲勤工俭学。1920年与周恩来等发起组织中国少年共产党。1922年加入中国共产党。到中央苏区后，任苏区工农红军学校政治部主任，参与领导宁都起义并任红五军团政治部主任，后任中革军委总政治部宣传部副部长。1935年3月初率部队突围时不幸负伤被捕，3月21日壮烈牺牲。

带镣行[1]

（1935年3月11日）

带镣长街行，蹒跚复蹒跚，
市人争瞩目，我心无愧怍[2]。

带镣长街行，镣声何铿锵[3]，
市人皆惊讶，我心自安详。

带镣长街行，志气愈轩昂，
拼作阶下囚，工农齐解放。

中共中央组织部党员教育中心编：《信仰：先驱的心声》，北京：人民出版社，2013年版，第199页。

【注释】

1. 1934年10月，中央红军长征，刘伯坚留在中央苏区坚持武装斗争，任赣南军区政治部主任。1935年3月，在江西信丰的一次突围战斗中，不幸负伤被捕。敌人将刘伯坚由大庾县监狱转移到绥靖公署候审室。其间，作者作了这首脍炙人口的诗，表达了革命战士威武不屈、大义凛然的高尚情怀。

2. 怍：惭愧。

3. 铿锵：形容声音很大、深沉坚定。表明作为革命者为大义而赴危难无所可惧，对党和革命事业无限忠诚，对人民无私奉献的信念。

移 狱
（1935年3月13日晨）

大庾狱中将两日，移来绥署候审室，
室长八尺宽四尺，一榻填满剩门隙；
五副脚镣响铿铛，匍匐[1]膝行上下床，
狱门咫尺[2]隔万里，守者持枪长相望。
狱中静寂日如年，囚伴等吃饭两餐，
都说欲睡睡不得，白日睡多夜难眠；
檐角瓦雀鸣啁啾，镇日啼跃不肯休，
瓦雀生意何盎然[3]，我为中国做楚囚。
夜来五人共小被，脚镣颠倒声清脆，
饥鼠跳梁声啧啧，门灯如豆生荫翳；
夜雨阵阵过瓦檐，风送计可到梅关[4]，
南国春事[5]不须问，万里芳信无由传。

钟健主编：《爱国人物诗文故事》，五家渠：新疆生产建设兵团出版社，2012年版，第171页。

【注释】

1. 匍匐：爬着走。写牢房的局促和狱中生活的困顿。

2. 咫尺：言距离极近，离开牢门不过咫尺，可是像万里那么远，不能越过，亦指被囚在牢内和外面沸腾的革命斗争隔绝。

3. 盎然：饱满。这是指瓦雀的活泼跳跃、生气勃勃。

4. 梅关：指大庾县南的梅岭一带。当时烈士被囚禁在大庾县狱中，他估计风可以把夜雨送到梅关，含有把他们被囚的消息送到革命队伍中去的意思。

5. 南国春事：指南方的革命势力像春意蓬勃地发展是必然的。只是作者被囚，跟外边咫尺万里，无法获得消息罢了。

刘铁之

刘铁之（1914—1942），河北清河人。第二次国内革命战争时期在北平参加学生运动。1935年加入中国共产党，抗战时期任冀南行署秘书长，后到山西参加边区政府领导工作。1942年6月，赴冀南前线，在反"扫荡"中被敌机炸伤后牺牲。

诗一首[1]

二月雪天，
被捕在"中大"[2]门前，
个个绳捆索绑，
忍受警察皮鞭；
若问犯了何罪？
为爱我国锦绣江山！
坐囚车，
押解公安局转军监。
军监中，
"军法"严，
脚带镣，
衣衾寒；
铁窗里，
从此做了囚犯。
一天两个窝窝头，
两盅清水无有盐。
再想起：
敌人入腹地，
泪涟涟！
国将破，
家将亡，

民族将沦丧,
汉奸何无耻!
勾敌自残伤,
捕杀爱国人,
奴颜事东洋。
一朝人民翻身起,
叫你狗命见阎王!

萧三主编:《革命烈士诗抄》,北京:中国青年出版社,1962年版,第147页。

【注释】

1. 刘铁之同志曾在北平参加一二·九学生运动,后被捕,此诗系在狱中所作。
2. 中大:指北平中国大学。

刘象明

刘象明（1904—1928），湖北麻城人。1924年考入董必武创办的武汉中学，后加入中国共产党。1925年受湖北党组织派遣，回县参加中共麻城特别支部的创建工作，并担任特支委员。1928年5月，在汉口龙家巷不幸被捕，壮烈牺牲。

宝塔诗[1]

哼

农民

好伤心

苦把田耕

养活世间人

看世上的人们

谁比得我们辛勤

热天里晒得黑汗淋

冷天里冻得战战兢兢

反转来要受人家的欺凌

请想想这该是怎样的不平

农友们赶快起来把团体结紧

结紧了团体好打倒那土豪劣绅

萧三主编：《革命烈士诗抄续编》，北京：中国青年出版社，1982年版，第59页。

【注释】

1. 此诗发表在1927年2月《湖北农民》第14期上，在当时引起强烈的反响。

刘志丹

刘志丹（1903—1936），名刘景桂，字子丹。革命家、军事家，西北红军和西北革命根据地的主要创建人之一。陕西保安人。1925年，加入中国共产党。1932年年底，创建工农红军第二十六军，开展土地革命，建立陕甘革命根据地。1935年2月，被选为西北工作委员会、西北革命军事委员会主要负责人，前敌总指挥。1936年4月14日，在攻打山西中阳县三交镇时，不幸中弹牺牲，年仅33岁。

初识榆林
（1922年）

城北一片黄沙扬，城南堆堆黄土梁。
长夜寒歌多悲切，但见月光冷又凉。

刘志丹著：《刘志丹文集》，北京：人民出版社，2012年版，第1页。

登镇北台
（1922年）

红石峡急流直下，镇北台狂风高旋。
看长城内外破碎，重收拾有待吾辈。

刘志丹著：《刘志丹文集》，北京：人民出版社，2012年版，第2页。

刘自兴

刘自兴（1913—1935），江西寻乌人。1930年加入中国共产党。1934年10月随红军长征，先后任中央政府文书科科长、中央军委机要科科长。1935年夏，在四川阿坝地区病故。

寻乌山歌[1]

（1934年春）

一、山歌不唱不风流，共产唔行[2]冒自由。
　　行起共产郎先去，唱起山歌妹带头。
二、山歌唔是考声音，只要革命意义深。
　　革命唔是考人貌，总爱勇猛打敌人。
三、食烟爱食水烟筒，味道又好烟又浓。
　　当兵爱当红军去，名声又好人又雄。
四、食斋[3]不如来食荤，修善不如当红军。
　　打倒土豪并地主，大家同志有田分。
五、打蛇爱打七寸头，单打蛇尾还会溜。
　　杀敌爱杀大头脑，鬼头收了乐无忧。
六、劝告群众莫痴呆，求神拜佛不应该，
　　大家要来求幸福，只有拥护苏维埃。
七、青菜生来青又青，摘了一皮又一皮[4]。
　　敌人枪支真快缴，缴了一批又一批。
八、山上树木堆似堆，老个迟冬嫩个在。[5]
　　革命事业人人做，老年休养少年来。
九、今个世界唔相同，红旗飘飘好威风。
　　没有阿哥打单只，没有细妹冒老公。[6]
十、实行共产话你知，共产主义不共妻，
　　只要两人心甘愿，不要媒人也可以。

十一、嘱俚爹来嘱俚娭[7]， 饱食加餐心放开。
　　　救济他人救自己， 打平世界再归来。
十二、嫩娇莲来嫩娇莲[8]， 你要安心去耕田，
　　　郎在前方多胜利， 公婆[9]到底总团圆。

危仁晸主编：《江西革命烈士诗词选》，南昌：江西人民出版社，1991年版，第 165 页。

【注释】

1. 这首山歌是刘自兴同志 1934 年在瑞金中华苏维埃临时中央政府办公厅工作时创作的。当时毛泽东、张闻天阅评为第二名。
2. 唔：方言"不"。唔行：不实行。
3. 食斋：即吃素。
4. 一皮：方言，"一片"的意思。
5. 个：方言，意为"芽"。这句的意思是老芽过冬之后，嫩芽迎春再发。
6. 打单只：打单身，没有结婚。细妹：年轻女子。
7. 俚：方言"我"。娭：方言"母"。此句是与父母分别时的嘱托。
8. 嫩娇莲：指年轻妇女。
9. 公婆：方言，这里指"夫妻"。

龙大道

龙大道（1901—1931），原名康庄，字坦之。侗族，贵州锦屏人。1923年11月加入中国共产党。1924年9月赴苏联莫斯科东方劳动者共产主义大学深造。1925年回国任上海总工会秘书长，参加上海工人武装起义。1931年1月17日由于叛徒出卖在上海被捕，2月7日晚被害于龙华塔下。

狱　中[1]

身在牢房志更坚，抛头碎骨何足惧。
乌云总有一日消，共庆东方出太阳。[2]

贵州省博物馆编：《贵州革命烈士诗抄》，贵阳：贵州人民出版社，1980年版，第19页。

【注释】

1. 这首诗是1927年8月在武汉狱中所作。当时，龙大道发动汉阳兵工厂的工人进行罢工斗争，他与同志们在一家茶馆内开会时被捕，后组织越狱成功脱逃。他的妻子受党组织的委托前去探监，为了安慰妻子鼓励其坚定革命信念，龙大道作此诗。
2. 表达对无产阶级革命胜利的期望和坚定不移的共产主义信念。

天柱峰[1]

皖山源大别，雪后万岭白。[2]
奇哉天柱峰，独不见雪色。[3]

贵州省博物馆编：《贵州革命烈士诗抄》，贵阳：贵州人民出版社，1980年版，第18页。

【注释】

1. 写于1929年旧历大年初一。当时，龙大道为革命奔波于安徽、江西一带。安徽西部有一座皖山，又名霍山，其脉与大别山相连。皖山的主峰是天柱峰，海拔1700余米。全诗情景交融，寓情于景，主题含蓄，耐人寻味。

2. 暗喻当时的政治形势。大革命失败，中国社会笼罩在白色恐怖之中，那情景正如雪后的皖山一样。

3. 暗示中国共产党和中国人民不屈不挠的革命精神。

卢宝炫

卢宝炫（1901—1930），壮族，广西邕宁人。1925年入广州农民运动讲习所学习，结业后以中央农民部特派员身份被派到广东省化县开展革命活动，曾任中共化县第一任县委书记和县农协会主席、中共广东南路特委委员。1929年在吴川县被捕。1930年1月牺牲。

诗一首[1]

英雄志气要发扬，莫道时光岁月长。
身先万众横磨剑，青史垂名到处香。

中共湛江市委党史研究室编：《南路农民运动史料》，广州：广东人民出版社，1997年版，第254页。

【注释】
1. 题目为编者所加。这是卢宝炫参加革命离家前夕留给亲属的一首诗。

陆定一

陆定一（1906—1996），江苏无锡人。1925年秋加入中国共产主义青年团，同年冬季转为中国共产党党员。1927年起担任共青团中央宣传部部长、共青团驻少共国际代表。长征时，在红军第一方面军"红章"纵队政治宣传部工作，后任红军总政治部宣传部部长。1947年3月在胡宗南进攻陕北时，兼任中央直属队政委，随同毛泽东、周恩来、任弼时同志转战陕北，做出了出色贡献。1996年5月9日在北京病逝。

长征歌[1]

（1935年10月）

十月里来秋风凉　　中央红军远征忙
星夜渡过于都河　　古陂新田打胜仗

十一月里走湖南　　宜临蓝道一齐占
冲破两道封锁线　　吓得何键狗胆寒

十二月里过湘江　　粉碎蒋贼"天罗网"
一场恶战见分晓　　红军英勇天下仰

一月进入贵州地　　军取乌江到遵义
遵义会议载史册　　保证长征得胜利

二月里来到扎西　　部队改编好整齐
从此恢复运动战　　再与蒋贼分高低

三月打回贵州省　　二次占领遵义城
主动在手威风凛　　痛歼薛岳两师兵

四月里来奋长鲸　　伴攻贵阳围昆明
主力巧渡金沙江　　敌军蠢随难望尘

五月飞渡泸定桥　　勇攀铁索跨波涛
翼王悲剧今已矣　　大渡河上红旗飘

六月里来天气热　　夹金山上还积雪
一四两个方面军　　懋功鼓乐云霄彻

七月进入川西北　　黑水芦花青稞麦
预期奋斗为哪个　　为了人民新中国

八月草地污水逐　　无人无鸟无乔木
干粮不足宰军马　　班佑唯一牛粪屋

九月出发潘州城　　陕甘支队东北行
腊子口险六盘高　　打了步兵打骑兵

二万里长征到陕北　　南北红军大会合
驱逐日寇歼蒋贼　　创立人民共和国

解放军红叶诗社选编：《长征诗词选萃》，北京：解放军文艺出版社，2006年版，第24页。

【注释】

1. 这首歌是1935年10月陕甘支队到达吴起镇后，与贾拓夫合作，供军民歌唱的。因为长征历时13个月，故作13段。

罗　烽

罗烽（1909—1991），辽宁沈阳人。1928年加入中国共产党。1935年与爱人白朗加入"左联"，1941年皖南事变后，罗烽到延安，先后被选为全国文艺界抗敌协会延安分会第一任执行主席。著有短篇小说集《呼兰河边》，中篇小说集《粮食》，剧本《台儿庄》等。

从黑暗中鉴别你的路吧

在都市工厂的大烟囱林立着，
冒着乌黑的乌黑的浓烟，
好像战争时候的高射炮，
喂，都不是连绵的狼烟、烽火？

白昼看见了狞恶假善人群的脸，
不可捉摸的恐怖、战栗和腥血……
藏在太阳还没探头的前夜，
朋友，就以这混沌黑暗中鉴别你的路吧！

张毓茂主编：《东北现代文学大系》（第11集诗歌卷·上），沈阳：沈阳出版社，1996年版，第611页。原载于1933年9月3日《大同报·夜哨》，发表时署名洛虹。

罗世文

罗世文（1904—1946），四川威远人。1925年加入中国共产党。1933年10月，与廖承志一起去川陕苏区，任中共川陕省委委员。1940年3月被国民党当局逮捕。1946年8月17日，在重庆渣滓洞松林坡壮烈牺牲。

为《爞光》停刊（三首）

（1925年7月）

其一

勒令淫威下，《爞光》[1]得永生。

燎原燃野火，草木自春荣。

其二

苛政猛于虎，先行誓死争。

疾风知劲草，抱璞[2]守忠贞。

其三

落帽[3]秋风易，牺牲革命常。

前茅如海塔，后启允鹰扬。[4]

钟健主编：《血荐轩辕诗文故事》，五家渠：新疆生产建设兵团出版社，2012年版，第201页。

【注释】

1. 《爞光》是萧楚女主办的革命刊物。
2. 抱璞：出自春秋时卞和献璞的典故，这里指保持本色，不为爵禄所惑。
3. 落帽：出自孟嘉落帽的典故，常用以称扬人的气度宽宏，风流倜傥，潇洒儒雅。
4. 前茅：古代行军时的前哨斥候，遇敌情则举旌向后军示警，引申为先头部队、先行者。鹰扬：威武的样子。

罗学瓒

罗学瓒（1893—1930），湖南湘潭人。1922年加入中国共产党。1927年秋，在醴陵、萍乡等地组织农民武装。1929年任中共浙江省委书记，由于叛徒出卖被国民党当局逮捕。1930年夏被秘密杀害。

自 勉
（1918年）

书此以为异日遇艰难时之反省也

不患不能柔，唯患不能刚；
唯刚斯不惧，唯刚斯有为。
将肩挑日月，天地等尘埃。
何言乎富贵，赤胆为将来。

刘瑀、刘德隆编：《砥砺人生放光华——革命先驱励志诗词选》，北京：中华工商联合出版社，2014年版，第8页。

咏 怀
（1918年）

与诸友人雇舟畅游水陆洲[1]一周后

龙蛇争大地，豹虎满环瀛[2]。
蹂躏无余隙，巢空草木惊。
安得异人起，拔剑斩妖氛。
倾洋涤宇宙，重建此乾坤。
一同登乐园，万世庆升平！

刘瑀、刘德隆编：《砥砺人生放光华——革命先驱励志诗词选》，北京：中华工商联合出版社，2014年版，第9页。

【注释】

1. 水陆洲：位于长沙市湘江中流，因洲上盛产橘子，又名橘子洲。
2. 环瀛：指宇宙、世界。

随 感

（1918年）

我心如不乐，移足[1]晤故人。
故人留我饮，待我如嘉宾。
开怀天下事，不言家与身。
登高翘首望，万物杂然陈。
光芒垂万丈，何畏鬼妖精？
奋我匣中剑，斩此冤孽根！
立志在匡时，欲为国之英。

刘瑀、刘德隆编：《砥砺人生放光华——革命先驱励志诗词选》，北京：中华工商联合出版社，2014年版，第9页。

【注释】

1. 移足：这里指走访故人。

罗章龙

罗章龙（1896—1995），湖南浏阳人。杰出的政治活动家，老一辈无产阶级革命家、政治家，中共早期领导人之一。早年就读于北京大学，1928年后，历任中共中央工委书记，中华全国总工会委员长、党团书记。中华人民共和国成立后，先后在湖南大学、中南财经学院、湖北大学任教。先后被选为第五、六、七届全国政协委员。1979年起，任中国革命博物馆顾问。1995年因病逝世，享年99岁。

初登云麓宫[1]
（1915年底长沙）

共泛朱张渡[2]，层冰涨橘汀。

鸟啼枫径寂，木落鹤泉潆[3]。

攀险呼俦侣[4]，盘空识健翎。

赫曦[5]联韵在，千载总犹馨。

石叟、刘慧勇选编：《中华民国诗千首》，海口：海南出版社，2013年版，第200页。

【注释】

1. 1915年罗章龙与毛泽东等人同游云麓宫作此诗。云麓宫：在湖南省长沙市湘江西岸的岳麓山右顶峰上。
2. 朱张渡：位于湖南省长沙市，为旧时长沙设立在湘江边的古渡口之一。
3. 潆：水流环绕回旋的样子。
4. 俦侣：意思是指结为伴侣或朋友。
5. 赫曦：亦作"赫羲""赫爔"，光明的意思。此处指岳麓山的赫曦台。

新民学会[1]成立大会

济济新民会，风云一代英。

沩痴[2]盟众士，漾水[3]泛流觞。

佳气郁衡麓，春风拂郡城。

庄严公约在，掷地作金声。

黄纲正主编：《历代名人咏长沙诗词选》，长沙：湖南文艺出版社，1996年版，第379页。

【注释】

1. 新民学会：1918年4月14日，毛泽东、蔡和森、何叔衡、罗章龙等13位进步青年成立的一个进步社团。

2. 沩痴：蔡和森故居，也即新民学会成立之地。1917年夏，蔡和森一家在此租房居住，槽门匾额上有"沩痴寄庐"4个字。

3. 漾水：指湘江。

吕振羽

吕振羽（1900—1980），名典爱，字行仁，学名振羽，曾化名柳岗，笔名晨光、正于、曾与。湖南邵阳人。1926年参加北伐战争。大革命失败后，赴日本求学。1936年加入中国共产党。中华人民共和国成立后，历任中共中央历史问题研究委员会委员，大连大学校长兼党委书记等职。1980年7月17日在北京逝世。

悼孙中山先生

（1925年）

天上星斗陨，八方嗟悼声。
高山亦可仰，谁是后来人？

为国赍[1]遗恨，斯人不我留。
独余东海水，千载自悠悠。

吕振羽著：《吕振羽诗选》，长春：吉林大学出版社，2000年版，第60页。

【注释】

1. 赍：怀抱着、带着的意思。

马立峰

马立峰（1909—1935），原名马泽祥，福建福安人。1929年加入中国共产党。1934年任中共闽东临时特委常委、闽东苏维埃政府主席。中央红军主力长征后，率中国工农红军闽东独立师第三团留在闽东坚持斗争。1935年在一次突围战斗中被叛徒出卖，不幸被敌人杀害。

石　马[1]

嫩草百堆宁闭口，长鞭一策岂回头。
麟江载送天源水，洗尽人间万古愁。

缪小宁主编：《福安英烈传》（第1辑），1989年版，第33页。

【注释】

1. 1930年，中共福安县委成立，马立峰任县委委员兼南区区委书记。他积极领导农民开展抗租、抗捐、抗债斗争，并建立贫农团组织。这一年，他在福鼎麟江小学挥笔写下充满激情的《石马》诗，寓意于备受风吹雨打的石马，抒发内心的豪情壮志和战斗情怀。

毛泽东

毛泽东（1893—1976），字润之，湖南湘潭人。伟大的马克思主义者，伟大的无产阶级革命家、战略家、理论家，马克思主义中国化的开拓者，中国共产党、中国人民解放军、中华人民共和国的主要缔造者和领袖，近代以来中国伟大的爱国者和民族英雄，中国共产党第一代领导集体的核心，毛泽东思想的主要创立者。1921年出席中共一大，是中国共产党创始人之一。国民大革命时期致力于农民运动，提出"政权是由枪杆子中取得的"著名论断，领导湘赣边界秋收起义，并在井冈山创立中国第一个农村革命根据地。1931年被选为中华苏维埃共和国临时中央政府主席。红军开始长征后，遵义会议确立了毛泽东在红军和党中央的领导地位。全民族抗战爆发后，撰写《论持久战》等著作，提出中国共产党关于抗日战争的路线、方针、政策。抗战胜利后，号召和领导全国人民以革命战争打倒蒋介石集团，创建中华人民共和国，完成新民主主义革命。1949年后，带领全国人民建立社会主义制度，初步探索适合中国国情的社会主义建设道路。1976年逝世。

沁园春·长沙[1]

（1925年）

独立寒秋，
湘江[2]北去，
橘子洲[3]头。
看万山红遍[4]，
层林尽染；
漫江碧透，
百舸争流。

鹰击长空,
鱼翔浅底,
万类霜天竞自由。
怅寥廓,
问苍茫大地,
谁主沉浮?

携来百侣曾游,
忆往昔峥嵘岁月稠。
恰同学少年,
风华正茂;
书生意气,
挥斥方遒。
指点江山,
激扬文字,
粪土当年万户侯。
曾记否,
到中流击水,
浪遏飞舟?

中共中央文献研究室编:《毛泽东诗词集》,北京:中央文献出版社,1996年9月第1版,第6页。

【注释】

1. 作者青年时代,大部分时间在长沙学习和从事革命活动。1925年10月,毛泽东在即将离开长沙赴广州创办农民运动讲习所之际,重游橘子洲,面对眼前景色,环顾现实,回忆往事,激情澎湃,写下了这首词。

2. 湘江:湖南省最大的河流,源出广西壮族自治区灵川县海洋山,向东北流贯湖南省东部。经过长沙,北入洞庭湖。全长817公里。

3. 橘子洲:是长沙城西湘江中一个狭长的沙洲,南北长约5.5公里。东西最宽处约0.5公里。西面靠近著名游览胜地岳麓山。

4. 万山红遍:所有的山都红了。万山:指岳麓山及湘江两岸的诸多山峰。岳麓山附近的枫树林最茂盛,秋末枫叶经霜后变红。岳麓山山腰有爱晚亭,因唐代杜牧《山行》"停车坐爱枫林晚,霜叶红于二月花"诗句而得名。

采桑子[1]·重阳[2]
（1929年10月）

人生易老天难老，
岁岁重阳。
今又重阳，
战地黄花分外香。

一年一度秋风劲，
不似春光。
胜似春光，
寥廓江天万里霜。

中共中央文献研究室编：《毛泽东诗词集》，北京：中央文献出版社，1996年9月第1版，第22页。

【注释】

1. 这首词在《人民文学》1962年5月号发表时，以词牌"采桑子"做词题，无写作时间；1963年12月人民文学出版社出版《毛主席诗词》时，增补了词题"重阳"和写作时间"1929年10月"。

2. 重阳：农历九月初九。因月日数都是九，故称重九；又据中国古代阴阳五行说，九是阳数，因称重阳。1929年重阳，是阳历10月11日。这年秋，红四军粉碎了国民党粤、赣两军陈维远、金汉鼎对闽西革命根据地的第一次"会剿"；9月下旬，攻克上杭。作本词时，毛泽东已经离开红四军主要领导岗位前委书记三个多月了。此时，他在上杭临江楼养病并指导地方工作。农历重阳节，临江楼庭院中黄菊盛开，汀江两岸霜花一片。作者触景生情，填词寄意。

清平乐·六盘山[1]

（1935年10月）

天高云淡，
望断南飞雁。
不到长城非好汉，
屈指行程二万。

六盘山上高峰。
红旗漫卷西风。
今日长缨在手，
何时缚住苍龙？

中共中央文献研究室编：《毛泽东诗词集》，北京：中央文献出版社，1996年9月第1版，第65页。

【注释】

1. 六盘山在宁夏回族自治区南部、甘肃省东部。南段又称陇山，为陕北和陇中两高原界山。最高峰海拔2900多米，山路曲折盘旋。1935年9月中旬，毛泽东率领中央红军进入甘肃省南部迭部县俄界；9月12日，在俄界召开政治局扩大会议。会议决定：红一军、红三军、军委纵队编为中国工农红军陕甘支队，毛泽东任政治委员，彭德怀任司令员，林彪任副司令员，王稼祥任政治部主任，杨尚昆任副主任；由毛泽东、周恩来、彭德怀、林彪、王稼祥组成"五人团"进行军事领导。10月7日，毛泽东直接指挥中国工农红军陕甘支队于甘肃省固原县青石咀（今属宁夏回族自治区）歼灭国民党东北军何柱国骑兵军两个连，缴获战马500余匹。当天，率陕甘支队顺利越过六盘山主峰，继续向甘肃环县与庆阳之间进军。此后，作了这首词。

聂耳

聂耳（1912—1935），云南玉溪人。人民音乐家，中华人民共和国国歌《义勇军进行曲》的作曲者。1927年入云南省立第一师范学校高级部外语组主修英语。1928年正式秘密加入中国共产主义青年团。1932年11月进入联华影业公司工作，参加左翼戏剧家联盟音乐组。1933年加入中国共产党。1935年7月17日，年仅23岁的聂耳在日本藤泽市游泳时不幸溺水身亡。

不敢谓之曰"诗"[1]

绵绵的细雨，滴答，滴答，
凄凄的微风，嘻洒，嘻洒，
上课，吃饭，睡眠；睡眠，吃饭，上课……
这些机械的影画：
有时竟会一幅一幅地清晰地自我脑海里映过，
——当我在那波涛滚滚的浪海中，飘浮无定的时候，
空幻的理想，始终不能给我畅达，
恶劣的环境，总是不能被我战胜；
走吧！上海，留逗着几千个失业者的上海；
住吧！广州，向例[2]排外的广州；
回头吧！故乡，可恨又可爱的故乡；
这便是我最后决定的最后一途了！
……
一切的一切，依然如旧，
啊！绵绵的细雨，依然滴答，滴答，
凄凄的微风，依然嘻洒，嘻洒。

聂耳著：《聂耳日记》，郑州：大象出版社，2004年版，第61页。

【注释】

1. 此诗是记在聂耳1929年5月30日的日记中。1929年3月聂耳随军赴广州，4月8日被该部队遣散，流落广州。4月中旬，以聂紫艺的名字，考入广东戏剧研究所附设的音乐班，但入学后发现与其志愿不合，即离所。5月6日，靠朋友的借款才得以返回昆明家乡。到昆明后聂耳继续在昆明省立第一师范学习。

2. 向例：一向。

聂永晖

聂永晖（1901—1934），湖南浏阳人。1926年加入中国共产党。1930年任湘鄂赣省苏维埃政府文化部副部长，在任期间积极开展苏区文化教育。1934年调任中共宜春、铜鼓、万载中心县委书记。同年因叛徒出卖，惨遭杀害。

题　扇[1]

大翼卷云天作浪，余威激水月生波。
岂甘自好为风舞，怕听人间叫热何。

钟健主编：《血荐轩辕诗文故事》，五家渠：新疆生产建设兵团出版社，2012年版，第18页。

【注释】

1. 此诗为聂永晖在慕容楚强的扇子上所题写，展现出革命志士为生民立命的远大理想。

欧阳立安

欧阳立安（1914—1931），湖南长沙人。12岁随父亲欧阳梅生参加革命活动。1929年加入中国共产主义青年团。1930年加入中国共产党。1930年1月，随刘少奇赴莫斯科参加赤色职工国际第五次代表大会和少共国际代表大会。回国后，任共青团江苏省委员和上海总工会青工部长。1931年，在上海被捕后英勇牺牲。

天下洋楼什么人造[1]

天下洋楼什么人造，
什么人坐在洋楼哈哈笑，
什么人看门来把守，
什么人为工人坚决奋斗？

天下洋楼我工人造，
资本家坐在洋楼哈哈笑，
国民党看门来把守，
共产党为工人坚决奋斗！

钟健主编：《爱国人物诗文故事》，五家渠：新疆生产建设兵团出版社，2012年版，第107页。

【注释】

1. 此为欧阳立安自编歌谣，题旨鲜明，读来朗朗上口。

欧阳梅生

欧阳梅生（1895—1928），又名欧阳靖，湖南湘潭人。1926年在长沙加入中国共产党，任湖南省总工会秘书长兼工人纠察队政治教员。1928年调任湖北汉阳县委书记。因工作繁重，积劳成疾，同年2月13日在湖北汉口病逝。

试笔诗[1]

（1924年）

中国一团黑，悲号不忍闻。
愿为刀下鬼，换取真太平。

秦岭、川之编：《革命烈士诗选讲》，呼和浩特：内蒙古人民出版社，1985年版，第18页。

【注释】

1. 1924年，中国正处在军阀混战时期，当时欧阳梅生虽然尚未成为一个共产主义者，但早就具有革命思想。有一次他买了一支毛笔，在试笔的时候发现笔杆上刻有"太平笔庄制"几个字，就愤然地说："如今伸出手看不见五指，一片漆黑。有钱的打打杀杀，好像疯狗抢骨。中国这么大，没有半块地方是安静的，这叫作什么'太平'！"说罢就用刀将"太平"二字刮掉，并作此诗。

潘汉年

潘汉年（1906—1977），江苏宜兴人。1925年秋加入中国共产党。1928年开始负责文化统一战线工作。抗日战争和解放战争时期，主要从事上层统战、国共谈判、民主党派、国民党将领起义投诚等统战工作。中华人民共和国成立后，担任中共中央华东局和中共上海市委社会部部长、统战部部长，上海市常务副市长等职。1977年4月病逝。

怅 惘

伊在瞬时间向我微微一笑，
使我梦中留恋一回。
长时间的相思怅惘，
我才这样的祈祷。
愿伊常常和我微微一笑，
使我永远留恋梦中，
哪知——
微微地一笑，只是一笑，
长时间的怅惘，却是继续的怅惘。

潘汉年著：《潘汉年诗文选》，上海：上海人民出版社，1995年版，第3页。原载于1923年11月13日《民国日报》副刊《觉悟》。

可怕的路

我知道这是可怕的路，
曾立誓不再逗留，
蓦地见到路中一枝冷黄色的无名花，
顿时引起我的好奇心，而足不由我主，
很快地走向前去，
采撷那黄色的无名花了。

潘汉年著：《潘汉年诗文选》，上海：上海人民出版社，1995年版，第4页。原载于1923年11月23日《民国日报》副刊《觉悟》。

彭德怀

彭德怀（1898—1974），湖南湘潭人。1928年加入中国共产党，同年参加领导平江起义，历任红五军军长，红三军团总指挥，红一方面军司令员，八路军总参谋长、副总指挥，第一野战军司令员兼政委，中国人民解放军副总司令。中华人民共和国成立后，历任中国人民志愿军司令员兼政委，中央军委副主席，国务院副总理兼国防部长，中央政治局委员。1955年被授予元帅军衔。著有《彭德怀自述》《彭德怀军事文选》。

答黄公略[1]
（1928年2月于南县）

求知心切去黄埔，夜梦依依我不然。
马日事变[2]教训大，革命必须有武装。
秋收起义[3]在农村，失败教训是盲动。
唯有润之[4]工农军，跃上井冈旗帜新。
我欲以之为榜样，或依湖泊或山区。
利用周磐[5]办随校，谨慎争取两年时。

解放军红叶诗社选编：《星火燎原诗词选萃》，北京：解放军文艺出版社，2007年版，第38页。

【注释】

1. 黄公略（1898—1931），湖南湘乡人，红军将领、军事家，中国共产党早期领导人之一。彭德怀曾向周磐推荐黄公略筹办军校，黄公略后赠彭德怀诗一首。彭德怀得诗后说："我不会作诗，送你几句顺口溜吧。"于是作此诗。

2. 马日事变：1927年5月21日晚，驻守长沙的武汉政府辖军中的国民党反动军官许克祥率叛军袭击了"湖南总工会""农民协会""农民讲习所"等中共控制的革命机关、团体，解除工人纠察队和农民自卫军的武装，释放所有在押的土豪劣绅。共产党党员、国民党左派及工农群众百余人被杀害。事变后，许克祥与国民党右派组织了"中国国民党湖南省救党委员会"，继续疯狂屠杀共产党人和革命群众。因21日的电报代日韵目是"马"字，故称这次事变为"马日事变"。

3. 秋收起义：1927年9月9日，毛泽东在湖南东部和江西西部领导的工农革命军（即红军）举行的一次武装起义，是继南昌起义之后，中国共产党领导的又一次著名的武装起义，是中共党史、军史上的三大起义之一。

4. 润之：即毛泽东。

5. 周磐：湖南邵阳人，中央军校第二分校（湖南武冈分校）少将代理主任，后任国民革命军第十四兵团中将副司令官。

中国工农红军第五军布告[1]
（1928年7月于平江）

革命为谋解放，士兵几至绝粮。
此间豪劣勾结，惨杀无数善良。
以至激成反饷，一时未及提防。
迅雷不及掩耳，神兵来自天降。
严惩贪官污吏，以儆为虎作伥。
没收豪绅土地，分给贫苦农民。
所有苛捐杂税，一律废除殆尽。
凡尔工农商贾，生产照常进行。
敢有造谣煽惑，坚决执法以绳。
为此出示布告，仰各一体懔遵[2]。

解放军红叶诗选编：《星火燎原诗词选萃》，北京：解放军文艺出版社，2007年版，第40页。

【注释】

1. 此诗为平江起义时红五军第一张布告，经起义领导成员讨论，由彭德怀口授，邓萍记录。

2. 懔遵：谨遵。

彭 湃

彭湃（1896—1929），原名彭汉育，广东海丰人。1921年加入中国社会主义青年团。1924年初加入中国共产党。1927年10月，在广东海陆丰地区领导武装起义后，建立了中国第一个农村苏维埃政权。1929年8月30日在上海龙华英勇就义。民主革命时期，彭湃开展农民运动，曾撰写《海陆丰农民运动》一书。

起义歌

我们大家来起义，
消灭恶势力！
如今大革命，
反封建，分田地，
坚决来斗争，
建设苏维埃！
工农来专政，
实行共产制，
人类庆大同，
无产阶级世界革命，
最后成功！

解放军红叶诗社选编：《星火燎原诗词选萃》，北京：解放军文艺出版社，2007年版，第93页。

彭友仁

彭友仁（1904—1935），江西余干人。1924年加入中国共产党。1932年9月，联合余干县警察大队大队长罗英，带领警察大队170余人宣布起义，投奔赣东北苏区。后在省委宣传部工作。1935年1月，在皖南作战中牺牲。

何惊何畏
——寄帝国主义者

锐刀斩不尽的树，

烈日烧不尽的草，

一年一次荣，

一年一次枯，

伩[1]荣，伩枯，

伩枯，伩荣，

惊什么刀锐，

斩不得地平！

畏什么日烈，

烧不得天倾！

江西省革命烈士纪念堂编：《江西革命烈士诗选》，南昌：江西人民出版社，1979年版，第76页。

【注释】

1. 伩：同"尽"，达到极端。

死后的希望

凛冽的寒风,

吹下黑沉沉的帐幕,

万寻峰上,

发现惨白的僵尸,

嗳!我刚才远闻着似悬崖的瀑布,

原来是他——解脱时的声音!

嗳!我刚才仰望着似飞腾的云雾!

原来是他——弥留时的壮气!

嗳!那狂舞的鸟蝶,

原来是他——钟情的芳心!

嗳!那绮飘的霓霞,

原来是他——睚眦[1]的慧眼!

啊呀!!那峰上峰下四面八方的鲜花;

原来都是他——热烈的香血

——所散布的根芽!

江西省革命烈士纪念堂编:《江西革命烈士诗选》,南昌:江西人民出版社,1979年版,第77页。

【注释】

1. 睚眦:古代中国神话传说中龙的第二个儿子,常嘴衔宝剑,怒目而视。

蒲 风

蒲风（1911—1942），原名黄日华，曾用名黄飘霞，笔名黄风。广东梅县人。现代著名诗人。1930年参加中国左翼作家联盟。同年，加入中国共产党。1932年9月与杨骚等人共同发起中国诗歌会，出版会刊《新诗歌》等，以诗歌为武器，打击敌人。1934年至1935年，积极提倡诗歌的大众化。1942年病逝。

扑灯蛾

（1929年旧作，1930年3月11日改抄于马冷）

熊熊的火焰在燃烧，
无数的扑灯蛾齐向火焰中扑跳；
——先先后后，
没有一个要想退走！

哦！你渺小的扑灯蛾哟！
难道你不知道这烈火会把你烧？
难道你不曾看见
　　许许多多的同伴已在火中烧焦？

为着坚持自己的目标奋斗到底，
——不怕死！
为着不忍苟全一己的生命，
——不怕死！
扑灯蛾！扑灯蛾！
是否你们因此而继续
　　不断地投在火焰里？

熊熊的火焰在燃烧，
无数的扑灯蛾已在火中烧焦！

先先后后，没有一个要想退走！

啊啊！它们没有一个要想退走！

黄安榕、陈松溪编选：《蒲风选集》（上），福州：海峡文艺出版社，1985年版，第62页。

咆　哮

（1932年冬）

旋风吹过高山、原野、沟壑，
潜进村落，
在平原、田野、森林上
　疾驰，奔走。
稻草上显现出那急速的浪波，
森林里独有那号号然的战歌。

昔日是卑贱的一群，
终日低头曲背为人作嫁衣裳，
今天，他们都有新的觉醒：
——他们相信自己的伟大力量！
他们的力量足把世界推翻，
只有他们才能创造自己的幸福乡。
闪闪的刀，尖尖的戈
　各种耀目的利器，
红旗浴在日光里，
无数万的褴褛群在跃动。
一切都是蓬勃，蓬勃生气，
　他们每一个
都像长城的任何一块砖，
他们一个一个的
　就连成一座铁的长城，
他们要用自己的力量

来护卫他们自己的土地。
敌人的飞机、炮弹在头上飞,
但敌人们终究不能
　　占领他们的土地一分一厘。
这里,每一亩土地都会咆哮,
足使敌人丧胆;
这里,每一座森林都会唱出战歌,
顿增他们杀敌的勇敢。

这咆哮的旋风吹过山岭、原野,
潜进每一村落,
每一村落的人们,
每一方村落里的土地都在咆哮,
各村落的森林的战歌
　　日夜都在互相唱和!

　　黄安榕、陈松溪编选:《蒲风选集》(上),福州:海峡文艺出版社,1985年版,第74页。

星　火
(1933年2月21日深夜)

小小的火星,
出现在荒原中;
不用说,人们都对此
　　有不少的惊恐。
他们都习惯于
　　没有光没有热的生活中,
他们甘愿屈服在
　　这平庸的妥协里。
但是,热是摩擦的儿子,
又是光明的母亲。

现今，日夜不停地
　齿轮互相接合地转动起来，
哪个抑得住这爆发的光明？
今天，这里显露的
也许只是一点星火，
可是，明天这些不一定
仅会燃烧这荒原，
由人们手里
不会建造起新的城堡吗？

黄安榕、陈松溪编选：《蒲风选集》（上），福州：海峡文艺出版社，1985年版，第76页。

钱杏邨

钱杏邨（1900—1977），笔名阿英，安徽芜湖人。1926年参加中国共产党。1927年从芜湖逃亡到武汉，后到上海，长期从事革命文艺活动，与蒋光慈等发起组织"太阳社"。1941年去苏北参加新四军革命文艺工作。1949年后历任天津市文化局局长，华北文联主席，中国文联副秘书长、党组成员，中国作协理事。

劳动者

（1927年1月31日）

读小川未明《无产阶级者》，至"劳动到气穷力尽时，就倒下去死了吧"一语，心里受了很大感动，根据小川未明氏之意，兼参己见，写成此篇。

劳动者，
到气穷力尽时，
你就向前倒下去死了吧！
你对于这个世界究竟有什么留恋？
光明也没有，幸福也没有，
辗转生活着如一个被判死刑的罪囚，
如跟在资产阶级后面乞食的狗。
一生中，受着鞭挞，听着恶骂，
不敢说疲劳，不敢说饥饿，
只如被驾的牛儿在田里做着工；
做到天色昏暗，做到自己死亡，
终究是无家漂流，
为人类，究竟得着什么报酬？
不到死时，不得休息，
不到死时，腰也不能伸直，

一生看不见快乐的影子,

这个世界,于劳动者,只是地狱!

劳动者,对于这个世界究竟有什么留恋?

到气穷力尽时,

你就向前倒下去死了吧!

阿英著:《阿英全集》(第3卷),合肥:安徽教育出版社,2003年版,第29页。

九一八开篇

转眼光阴又五秋,
白山黑水到处愁。
自从沦陷在敌骑下,
三省民众从此无家。

在那时还说是入关安妥,
到而今五年了究竟如何?
华北区被侵占实亡名在,
南进策实施后华南危殆!

一年来阴毒狠走私奖励,
大倾销大贱卖深入腹地。
近且是派舰送张胆明目,
从经济致死命扰乱中国!

占平津夺富源日来盛猖,
眼见得我国家就要全亡。
生与死只一线大梦沉酣,
节节退节节让是何心肝?

玉碎瓦全已无二路，
自由奴隶何来殊途？
救亡阵线快巩固，
汉奸国贼一扫除！
打倒日本帝国主义，
收复我们失去的疆土！

阿英著：《阿英全集》（第3卷），合肥：安徽教育出版社，2003年版，第141页。

秦邦宪

秦邦宪（1907—1946），又名博古，江苏无锡人。无产阶级革命家，中国共产党早期领导人之一。1925年入上海大学学习，参加五卅运动。同年底加入中国共产党。1931年4月任中国社会主义青年团书记。1934年10月参加长征。1935年在遵义会议上被解除中共最高领导职务。1946年4月8日由重庆返回延安汇报工作，因飞机失事在山西兴县遇难。

夜 醒
（1924年10月22日）

当我从温柔的梦中醒来时，
像世界夺了我的快乐去，
不但是绮绮的情语、绯红的处女之颊跑了，
就是那怯怯的心弦光明的环境也随了去。

在幸福的国境里浮沉着的，
忽然被人赶到苦痛之海黑暗之滩，
灵魂上的刺激，热血竟降到冰点以下，
坐在这边望着那面，
只得永远地渴望了。

抑郁的心胸未尝不可自解，
流活的心灵未尝不会嬉笑，
但严冷的泪海，
却沿着两颊流下，冷得像冰一般。

唉！我能得到从前一样的环境吗？
唉！我能得到从前一样的幸福吗？
只得哭了，哭了，哭了，
但是哭了，我能润湿我心田里的沙漠么？

无锡市史志办公室编：《秦邦宪（博古）文集》，北京：中共党史出版社，2007年版，第5页。

瞿秋白

瞿秋白（1899—1935），江苏常州人。1922年加入中国共产党。1923年，主编中央机关刊物《前锋》。1925年起先后在中共第四、五、六次全国代表大会上，当选为中央委员、中央局委员和中央政治局委员，成为中共领袖之一。1934年，任中华苏维埃共和国中央执委会委员、人民教育委员会委员等职。1935年2月在福建长汀县被捕。同年6月18日慷慨就义，时年36岁。

赤潮曲[1]

赤潮澎湃，
晓霞飞涌，
惊醒了
五千余年的沉梦。

远东古国，
四万万同胞，
同声歌颂
神圣的劳动。

猛攻，猛攻，
捣碎这帝国主义万恶丛！
奋勇，奋勇，
解放我殖民世界之劳工！

无论黑、白、黄，无复奴隶种！
从今后，福音遍天下，
文明只待共产大同。

看！

光华万丈涌。

赵慧平主编：《精神的力量：红色经典诗文》，沈阳：辽宁人民出版社，2011年版，第7页。

【注释】

1.《赤潮曲》是瞿秋白在生前远眺共产主义的光芒普照大地，向全中国四万万同胞发出的热血澎湃、激情飞扬的呐喊与邀约。他受俄国革命感染而创作的这首《赤潮曲》，发表在1923年《新青年》季刊第6期杂志上，同时由另一位共产党人许地山谱曲为歌。

柔 石

柔石（1902—1931），浙江宁海人。1918年入杭州第一师范学校，1923年毕业。后任慈溪县普迪小学教员，出版第一本短篇小说集《疯人》。1925年，到北京大学旁听。1927年夏，回故乡任中学教员，后任宁海县教育局局长。1928年12月与鲁迅共同创办朝花社，并编辑《语丝》。1930年参加"左联"，任执行委员，同年5月加入中国共产党。1931年1月17日被国民党反动派逮捕，2月7日被秘密杀害。

无弦的琵琶

（1925年）

盲目的慈悲的乐师，
跄踉于深山空谷间，也有时
奔走于街头和巷尾——
弹着他无弦的琵琶。

没有声音的韵文呀，
有时飘动凝思的白云，
有时激起低泣的流水，
也袅袅地来到人们的耳际。

但有谁知道他悲哀的呜咽，
如除夕之夜的小姑娘，
哭地板上新死的母亲！

但有谁知道他雄壮的呼喊，
如朔风严厉的城头上的壮士，
正对着敌人挑战！

但有谁知道他甜蜜的细语,
如新婚之夕的女郎向她情人
红润的颊上接吻。

但有谁知道他惆怅的悲怨,
如落月孤灯将远行的年少
听他老母细腻的叮咛!

尽人间的声音,
三春桃李般的嫣笑,
九秋虫豸般的悲泣,
万籁自然的妙音。

只有他自己听到了,
心微微地颤着,
手微微地震着,
眼圈儿微微地酸起了!

盲目的慈悲的乐师,
跄踉于深山空谷间,也有时
奔走于街头和巷尾——
弹着他无弦的琵琶。

柔石著:《柔石选集》,北京:人民文学出版社,1986年版,第321页。

战
(1925年7月8日)

尘沙驱散了天上的风云,
尘沙埋没了人间的花草;
太阳呀,呜咽在灰暗的山头,
孩子呀,向着古洞深林中奔跑!

陌巷与街衢,
遍是高冠大面者的蹄迹,
肃杀严苛的兵威,
利于三冬刺骨的飞雪!

真的男儿呀,醒来罢,
炸弹!手枪!
匕首!毒箭!
古今武器,罗列在面前,
天上的恶魔与神兵,
也齐来助人类战,
战!

火花如流电,
血泛如洪泉,
骨堆成了山,
肉腐成肥田。
未来子孙们的福荫之宅,
就筑在明月所清照的湖边。

啊!战!
剜心也不变!
砍首也不变!
只愿锦绣的山河,
还我锦绣的面!
啊!战!
努力冲锋,
战!

柔石著:《柔石选集》,北京:人民文学出版社,1986年版,第325页。

沈雁冰

沈雁冰（1896—1981），原名沈德鸿，笔名茅盾、郎损、玄珠、方璧、止敬等。浙江嘉兴人。中国现代著名作家、文学评论家、文化活动家以及社会活动家。中国共产党最早的党员之一。中华人民共和国成立后，担任中国作家协会第一任主席、文化部第一任部长，负责国家文化事业和文学艺术的组织领导工作，为我国文学事业和文化事业发展做出了巨大贡献。

我们在月光底下缓步[1]

（1927年8月9日）

我们在月光底下缓步，
你怕草间多露。
我们在月光底下缓步，
你如何懒懒地不说话？
我们在月光底下缓步，
你软软地头靠着我的肩窝。
我们在月光底下缓步，
你脉脉双眸若有深情难诉！
终于你说一句：明日如何……
我们在月光底下缓步。

丁茂远著：《茅盾诗词鉴赏》，杭州：杭州大学出版社，1991年版，第1页。

【注释】

1. 原载于《文学周报》第5卷第18期，署名玄珠。该诗是目前发现的茅盾最早的一首诗。初看该诗像是一首爱情诗，但是结合创作时间与创作背景后发现，当时正值大革命失败，茅盾经组织安排前去南昌参加武装起义，却因各种原因滞留庐山。在革命的紧要关头，作为早期共产党人的茅盾还在探索、前进的道路上踽踽独行，此诗正是自己政治境遇和内心活动的真实写照。

留别云妹[1]
（1927年8月12日）

云妹，半磅的红茶已经泡完，
五百支的香烟已经吸完，
四万字的小说已经译完，
白玉霜、司丹康、利索尔、哇度尔、考尔辨、
班度拉、硼酸粉、白棉花都已用完，[2]
信封、信笺、稿纸，也都写完，
矮克发[3]也都拍完，
暑季亦已快完，
游兴是已消完，
路也都走完，
话也都说完，
钱快要用完，
一切都完了，完了，
可以走了！

此来别无所得，
但只饮过半盏"琼浆"，
看过几道飞瀑，走过几座乱山，
但也深深地领受了幻灭的悲哀！
后会何时？
我如何敢说！
后会何处？
在春申江畔？
在西子湖边？
在天津桥畔？

丁茂远著：《茅盾诗词鉴赏》，杭州：杭州大学出版社，1991年版，第5页。

【注释】

1. 原载于 1927 年 8 月 19 日汉口《中央日报》副刊，署名雁冰。该诗与《我们在月光底下缓步》的创作背景相似，内容也相当接近，都是作者苦闷彷徨，产生了幻灭的悲哀后的真实心理写照。只是本诗结尾颇有深意，作者虽无法准确回答"后会何时"和"后会何处"，但"春申江畔""西子湖边""天津桥畔"的猜测回答也隐含着对中国革命事业的坚定信念。

2. 白玉霜：即美商公司出产的旁氏白玉霜，相当于今天的面霜类护肤品。司丹康是一种生发油。利索尔是一种染料的名字。哇度尔、考尔瓣、班度拉具体不详。

3. 矮克发：一种德国制造的干片软片的品牌，用于摄影显像。

帅开甲

帅开甲（1899—1927），江西永丰人。1924年参加进步团体"恩江学会"。1925年12月，加入中国共产主义青年团。1926年4月，加入中国共产党，任永丰县总工会秘书。大革命前与永丰县著名烈士宋大勋等同志在永丰县建立党的组织。1927年大革命失败后在南昌被捕，狱中受尽酷刑，坚贞不屈。1927年11月16日，在南昌英勇就义。

扫尽人间贱丈夫[1]

湖光山色任萧疏，客里怀思人影无。
为怀故人憔悴尽，茂陵风雨病相如。

怕展中原离乱图，伤心使我对愁书。
何时拔起秦横剑，扫尽人间贱丈夫。

危仁晸主编：《江西革命烈士诗词选》，南昌：江西人民出版社，1991年版，第122页。

【注释】

1. 此诗是帅开甲在狱中所作，诗的题目即作品的主旨。

宋铁岩

宋铁岩（1909—1937），吉林永吉人。1931 年加入中国共产党。1932 年受党组织的派遣，返回东北，从事武装抗日斗争。1937 年 2 月 11 日遭敌人重兵包围，在突围战斗中壮烈牺牲。

前进诗（节选）

烽火在荒原燎烧着，
斗争的大旗当空飘。
火燎烧，
风呼啸，
战旗在飘摇。
太空一片红光照，
所有的资产阶级正被扑灭着，
所有的资产阶级正被扑灭着！
崩溃了资本主义，
将解脱我们——
全世界一切被压迫者颈上的锁链和枷铐。

萧三主编：《革命烈士诗抄续编》，北京：中国青年出版社，1982 年版，第 184 页。

谭寿林

谭寿林（1896—1931），广西贵县人。1924年秋加入中国共产党。1927年参加广州起义，后任全国海员总工会秘书长，全国总工会秘书长。1931年4月22日在上海被捕，5月30日在南京雨花台英勇就义。

土地革命山歌[1]

杨柳青青江水平，四边田野唱歌声；
唱歌不唱风流调，单唱农民受苦情。

我辈农民种田地，交租纳税已有余；
官僚地主享大福，农民生活狗不如。

地主收租吃白米，官僚勒税吃山珍；
官僚地主真威福，当我农民不是人。

似虎官僚逼了税，如狼地主又追租；
终年辛苦无所得，饥寒交迫向谁呼！

我辈农民想不通，做牛做马苦做工；
是否生成天注定，冇吃冇穿这样穷？

种田到老穷到老，到老更穷更困难；
耕田种地挨饥饿，地主米粮叠如山。

我明白了明白了！明白为何这样穷，
就是高租兼重税，剥削一重又一重。

官僚地主虎狼凶，欺压工农理不公，
剥得工农只留骨，看他狗命几时终！

开天辟地田何来？是我农民辛苦开！
农民辛苦种田地，地主收租理不该。

千年田地谁是主？哪个田头立了碑？
只要大家合力打，铁铸江山打得正。

道理讲来真不差，铁铸江山打开花！
本应耕者有其田，因何田在富人家？

个个明白这道理，大家努力去周旋；
打倒官僚才快乐，铲除地主才安然。

人人种地有田地，有饭吃来有衣穿；
若想实现这世界，大家合力扭转天。

革命成功在眼前，群众奋斗要争先；
杀头当作风吹帽，坐监也要闯上天。

如果革命胜利了，我辈主张得出头；
自己种地自己吃，谁敢逼税把租收？

大家努力干革命，革命一定会成功；
到了那时真幸福，工农来做主人翁。

雍桂良主编：《中华爱国诗词大典》，长春：时代文艺出版社，1991年版，第331页。

【注释】

1. 1927年端午节后，作者从广州回乡秘密开展革命活动，为鼓动受压迫农民进行反抗斗争而作。

陶 铸

陶铸（1908—1969），湖南祁阳人。1926年考入广州黄埔军校，同年加入中国共产党。曾任鄂豫挺进支队政委、东北野战军政治部副主任。中华人民共和国成立后历任中共广东省委第一书记、中共中央中南局第一书记、国务院副总理、中央宣传部部长。在"文革"初期遭迫害，后因胆癌病逝于安徽合肥，享年61岁。

狱 中
（1935年）

秋来风雨费吟哦，铁屋如灰黑犬多。[1]
国未灭亡人半死，家无消息梦常过。
攘外空谈称绝学，残民工计导先河。
我欲问天何聩聩，漫凭热泪哭施罗。[2]

陶铸著：《陶铸诗词选》，北京：人民文学出版社，1979年版，第1页。

【注释】

1. 作者原注：国民党南京狱中看守对共产党人极尽压迫之能事，难友均呼之为黑狗，因均着黑衣之故。
2. 作者原注：施罗系指邓中夏（中夏同志被捕时化名为施义）、罗登贤二同志，1933年他们与我先后在上海被捕，解往南京后不幸遇害。

田波扬

田波扬（1904—1927），湖南浏阳人。湖南青年学生运动领导人。1923年5月加入中国共产党。1927年，任共青团湖南省委书记。1927年5月30日因叛徒告密被捕就义，牺牲时年仅23岁。

我 要

我要放出更强烈的火光，
照破人世间的虚伪和欺诈。
我要锻炼成尖锐的小刀，
刺破人与人之间的隔膜。

刘瑀、刘德隆编：《砥砺人生放光华——革命先驱励志诗词选》，北京：中华工商联合出版社，2014年版，第74页。

田 汉

田汉（1898—1968），湖南长沙人。早年留学日本，1920年开始从事戏剧活动。1921年与郭沫若等组织创造社，倡导新文学。1930年3月他以发起人之一的身份参加了中国左翼作家联盟成立大会。1932年加入中国共产党，参与了党对文艺的领导工作。1949年后任职文化部戏曲改进局、艺术局局长。"文化大革命"中于1968年被迫害致死。

义勇军进行曲[1]

起来！不愿做奴隶的人们！
把我们的血肉，
筑成我们新的长城！
中华民族到了最危险的时候，
每个人被迫着发出最后的吼声。
起来！起来！起来！
我们万众一心，
冒着敌人的炮火前进！
冒着敌人的炮火前进！
前进！前进！进！

田汉著：《田汉诗选》，北京：人民文学出版社，1982年版，第1页。

【注释】

1.《义勇军进行曲》是电影《风云儿女》的主题曲。抗战后此曲广为传唱，中华人民共和国成立后，成为国歌。

一九三六年出狱闻聂耳在日本千叶海边溺死[1]

一系金陵[2]五月更，故交零落几吞声。
高歌正待惊天地，小别何期隔死生！
乡国只今沦巨浸，边疆次第坏长城。
英魂应化狂涛返，重与吾民诉不平。

田汉著：《田汉诗选》，北京：人民文学出版社，1982年版，第18页。

【注释】

1. 1935年2月，田汉被捕入狱，到1936年才被保释出狱，出狱后得知好友聂耳在日本溺亡的消息，悲痛至极，作此诗以追悼。

2. 金陵：南京。

田 间

田间（1916—1985），原名童天鉴，安徽无为人。1933年考入上海光华大学。1934年加入中国左翼作家联盟。1937年底到西北战地服务团当战地记者。1938年到延安，发起街头诗运动。同年8月加入中国共产党，并于年底到敌后晋察冀边区当战地记者。1985年病逝。

到满洲[1]去
（1936年）

到满洲去，
把我们的
手，
森林一般的
手，
载到满洲去！

到满洲去，
我们的
破壁板上，
躺着
打抖的爹娘；
他们等候
和梦想。

到满洲去，
我的小树，
红色的高粱秆子，
在祖先的坝埂，

母亲的田地，
掉洒着
雨一般的泪浪。

诅咒
帝国的疯狂，
残害奴隶，
站在
东北的哨岗。

到满洲去，
关外
招呼着
奴隶的手！

　　田间著：《田间诗选》，北京：人民文学出版社，1983 年版，第 10 页。

【注释】
1. 这里的满洲，指的是东北三省：辽宁省、吉林省、黑龙江省。

中国
（1935—1936 年）

中国，
我的中国。

民众的眼睛，
都在闪着，
闪着——
向自由，
和金色的火焰。

我的祖国,
中国,
茅屋兄弟的保姆。

民众们
住在这里的,
经过
血泊,
烤枯的
臂膀,
已经举起了。

那血管里,
蕴藏着
怒放的
火把。

中国,
我的中国,
咆哮吧:
我们
将吻你。

　　田间著:《田间诗选》,北京:人民文学出版社,1983 年版,第 10 页。

在大连湾上岸
(1936 年)

站起来吧!
大连湾,

人民的大连湾啊。

白军[1]的脸，
凶恶嚣张；
在八月，
在八月的大连湾上。

大连湾上，
妇人
和孩子的尸骸上，
帝国的炮，
屠手，
突击队，
叫着上岸了。

大连湾，
人民的大连湾啊，
被杀害着。
血泊，
骨骼，
从祖国的背脊上流着……

啊！
大连湾，
松开了
东北民众的
手膀，
呼吸
和歌唱。

啊！
大连湾，

像出卖了一样。

今天
民众也上岸了，
愤怒得
发狂。

站起来吧，
大连湾，
人民的大连湾啊！

田间著：《田间诗选》，北京：人民文学出版社，1983年版，第8页。

【注释】

1. 白军：苏联建国初期1918—1920年间的内战中反对苏联红军的军队，主要由支持沙皇的保皇党、军国主义者、自由民主分子和温和社会主义者组成，与苏联红军对立。

涂正坤

涂正坤（1897—1939），湖南平江人。1925年，加入中国共产党。1928年，参与创建红五军和开辟湘鄂赣根据地。1937年2月起，担任中共湘鄂赣省委书记、江西省委副书记等职。1939年6月，遭敌人埋伏英勇牺牲。

梭镖亮亮光

（1927年）

梭镖亮亮光，擒贼先擒王，
打倒蒋介石，活捉许克祥。[1]

萧三主编：《革命烈士诗抄》，北京：中国青年出版社，1959年版，第126页。

【注释】

1. 1927年蒋介石背叛革命，湖南反动军官许克祥在蒋介石的唆使下屠杀革命群众，涂正坤同志转入平江乡下进行革命活动。这首民谣，就是他在白花尖山上写的，当时流传很广。

无 题

浩浩烟波起风云，冥冥黄昏日西沉。
平江[1]嗜血血平江，敌人为友友敌人。
村村三光[2]魂当道，家家一样鬼守门。
君杀敌人遭人杀，如是当局谁称心。

庞绍彩著：《数风流诗集》，香港：香港天马图书有限公司，2008年版，第174页。

【注释】
1. 平江：隶属于湖南省岳阳市，位于湖南省东北部。
2. 三光：指烧光、杀光、抢光。日军推行"三光"政策，是为了达到彻底消灭抗日根据地的军民，摧毁抗日根据地的罪恶目的。

汪石冥

汪石冥（1902—1928），四川江津人。1926年加入中国共产党。1928年春，调中共湖北省委军委工作。同年3月，在运送武器途中被捕。狱中，他用牙刷柄在囚牢墙上写下了4首气壮山河的诗篇，表达了共产党员宁死不屈的坚强性格。敌人从他口里得不到一点口供，便于1928年12月10日将其杀害于汉阳。

牙刷柄题壁诗[1]
（1928年于狱中）

当年负笈出夔关，壮志欲肩天下难，[2]
信有身心如铁石，哪怕楚子沐猴冠[3]。

横剑跃马几度秋，男儿岂堪做俘囚？
有朝锁链锤断也，春满人间尽自由。

敢从烈火炼真金，镣铐偏能坚信心，
誓舍微命留正气，残躯任尔斧钺临。

莫庆南牢系死囚，众生鏖战几曾休，
铁栏杆外朝曦涌，赤帜飞扬古城头。

刘瑀、刘德隆编：《砥砺人生放光华——革命先驱励志诗词选》，北京：中华工商联合出版社，2014年版，第18页。

【注释】

1. 这4首诗，是汪石冥同志于狱中用牙刷柄刻在石灰墙上，由同狱的同志默记传出的。
2. 负笈：指出外求学。笈：书箱。夔关：夔门，指四川。肩：担负。
3. 沐猴冠：比喻徒有其表、目光短浅的人。

王达强

王达强（1901—1928），湖北黄梅人。1925年春加入中国共产党。1927年冬，中共湖北省委改选，为省委常委之一，任团省委书记兼京汉铁路总指挥。1928年2月被捕入狱，备受酷刑，坚贞不屈，在牢房壁上写下感人至深的《七歌》。2月18日，就义于汉口郊区。

勉　励[1]

自叹青春运不齐[2]，山河破碎又支离。
胸怀东海波涛阔，气压西江草树低。
怨处每时思国恨，闲来挥笔写新诗。
男儿未展凌云志，空负天生五尺躯。

金中主编：《血铸中华诗文故事》，五家渠：新疆生产建设兵团出版社，2012年版，第71页。

【注释】
1. 此诗是作者于黄梅八角亭小学学习时所写。
2. 运不齐：运气不好。

狱中题壁诗[1]
（1927年7月）

有客有客居汉江，自伤身世如癫狂。
抱负不凡期救世，赢得狂名满故乡。
一心只爱共产党，哪管他人道短长？
我一歌兮歌声扬，碧血千秋叶芬芳。

有家有家在鄂东，万山深处白云中。
老父哭儿伤无椁，老母倚间泪眼空。
故乡山水今永诀，天地为我起悲风。
我二歌兮歌声雄，革命迟早要成功。

有友有友意相投，千里相逢楚水头。
起舞同闻鸡鸣夜，[2]击楫共济风雨舟。
万方多难黎民苦，相期不负壮志酬。
我三歌兮歌声吼，怒掷头颅报国仇。

有弟有弟在故乡，今日意料有我长。
昨夜梦中忽来信，道是思兄忆断肠。
可怜不见已三载，焉能继我起乡邦？
我四歌兮歌声强，义旗[3]闻起鄂赣湘。

我五歌兮歌声止，慷慨悲歌今日死。
我六歌兮歌声乱，地下应多烈士伴。
我七歌兮歌声终，大地行见血花红。

金中主编：《血铸中华诗文故事》，五家渠：新疆生产建设兵团出版社，2012年版，第73页。

【注释】

1. 此诗是作者被捕后所写，亦称《七歌》。
2. 起舞闻鸡：即闻鸡起舞的典故，传说东晋时期将领祖逖，年轻时同好友刘琨为了报效国家，他们在清晨一听到鸡鸣，就披衣起床，拔剑练武。
3. 义旗：这里指农民革命运动。

王复生

王复生（1896—1936），云南祥云人。1917年考入北京大学文科。1920年3月，与邓中夏等19人发起成立北京大学马克思学说研究会。1921年秋由共青团员转为共产党员。大革命失败后，在哈尔滨和齐齐哈尔等地开展革命活动。九一八事变后，帮助解决抗日义勇军东北马占山部的粮食和武器供应问题。1936年6月，被日军宪兵队逮捕，于8月被日军杀害。

悼黄庞两先生[1]

（1922年2月11日）

读了赵恒惕残杀你们的详情，
我只是气愤。
看到香港罢工的海员公祭黄花岗，
我的泪流不止了。

我仿佛看见，
三四千人手拿生花圈，鱼贯而行，
孤儿院的乐队在前面开道，
还有茶居公会预备茶点招待他们。
我早忘记黄庞两先生不在黄花岗了。

中共云南省委党史研究室编：《一门三杰：王复生、王德三、王馨廷烈士纪念文集》，北京：中共党史出版社，2009年版，第190页。

【注释】

1. 《工人周报》第27期，特刊两张，专载赵恒惕惨戮黄庞两先生及香港海员罢工事件。

送英伯回滇
（1923年11月2日）

秋初重相见，
秋后又别离，
怛恻的低吟，
不自然的音调啊！

树头挂空枝，
满地轻尘飞，
寒风刺骨。
雁阵南归，
冬之使命啊，
从你冷酷的心里，
平添了无限离愁。

生活，
如江流之微波，
荡漾着，
起伏着，
歌——也许是哭着，
悠悠地过去了，
去了，
只留着幻影，
寻不出足迹痕。

宇宙——猜不破的谜子，
真实的生命，只有自己燃着灯光去寻呀！

朋友,

莫痴羡着精神病者的跳舞,

归去吧!

中共云南省委党史研究室编:《一门三杰:王复生、王德三、王馨廷烈士纪念文集》,北京:中共党史出版社,2009年版,第194页。

王干成

王干成（1900—1930），湖北黄梅人。1926年加入中国共产党。1930年领导了瑞昌等地的革命运动。1930年冬，在江西黄沙洞被国民党反动派杀害。

七 绝[1]
（1930年冬）

大吼一声如雷霆，革命健儿岂徘徊；
回首武汉伤心地，扬子江岸血花飞。

危仁晸主编：《江西革命烈士诗词选》，南昌：江西人民出版社，1991年版，第83页。

【注释】
1. 此诗与下一首诗作《临刑前的遗曲》皆为诗人英勇就义前所作。

临刑前的遗曲
（1930年冬）

蒋介石，
狼心狗肺，
杀人放火，
胡作非为。
杀害良民千千万，
祖国四处凄凉景。
反动政府，
贪官污吏大本营。
每日里，
花天酒醉，
处处欺压人民；
把我革命者，

踩踏在铁蹄。

造谣言,

放空气,

造成白色恐怖满天飞。

说什么,

要铲除第三国际;[1]

说什么,共产党,

压迫人共妻。

这些话,

完全无根蒂,

都是他,

信口乱放屁。

可恨那土劣互相狼狈,

利用那"清乡",

到处刮地皮。

革命战鼓咚咚地响,

把我的精神提起了百倍。

俺老李,[2]

生是革命人,

死是革命鬼。

生和死,

死和生,

生生死死,

死死生生就在这一回。

来到刑场不下跪,

看把老子怎么的?

但愿我革命早日胜利,

红旗飘扬日光辉。

危仁晸主编:《江西革命烈士诗词选》,南昌:江西人民出版社,1991年版,第84页。

【注释】

1. 第三国际：即"共产国际"。第一次世界大战爆发后，第二国际蜕化变质。列宁为了团结各国的革命左派，于1919年3月2日在莫斯科发起召开第三国际成立大会，总部设在莫斯科，各国共产党是它的支部，共有57个支部。1922年7月，中共二大决定加入第三国际，并成为它的支部。第三国际于1943年6月解散。

2. 俺老李：王干成同志从事秘密工作期间改姓李。

王环心

王环心（1901—1927），江西永修人。1921年，领导成立"永修教育改造团"，1923年在上海大学加入中国社会主义青年团，五卅运动后加入中国共产党。1926年秋返赣组织群众支援北伐，后任永修县县长及县委书记，同年12月27日于南昌下沙窝英勇就义。

雪 晨[1]

（1923年1月24日）

一阵朔风[2]，吹动了满天雪花，
凄凄蒙蒙[3]，清透了我的心胸。
好大权威的雪花哟！
一霎儿把地球更换一副面容了。
但是，我却也很感谢你，
感谢你送来了无际的光明，
消灭了大地的污秽！
多事的太阳啊，
请你别要来到地球上吧！
你若来了，那么一切的腥血秽浊，
都要被你窥探破了。

危仁晸主编：《江西革命烈士诗词选》，南昌：江西人民出版社，1991年版，第40页。

【注释】

1. 这首诗写于上海大学，原载于《海上棠棣》。
2. 朔风：即北风。
3. 凄凄蒙蒙：凄，寒冷；蒙蒙，雪花很细小。

狱中诗[1]

世事本如云，
我愿桃花逐流水。
我生自有用，
且将头颅击长天。

危仁敔主编：《江西革命烈士诗词选》，南昌：江西人民出版社，1991年版，第47页。

【注释】

1. 在阴暗潮湿的牢房内，仰望夜空的一钩冷月，他深深怀念在修河两岸坚持斗争的同志和战友，便挥笔写下了这首诗，表现了烈士身陷囹圄、壮心不已的彻底革命精神。

王尽美

王尽美（1898—1925），原名王瑞俊，山东诸城人。早期中共山东党组织的主要负责人，中共一大代表。1922年参加在莫斯科召开的远东各国共产党和民族革命团体第一次代表大会。1925年组织青岛国民会议促成会，参与领导胶济铁路工人大罢工。因长期积劳成疾，于1925年8月19日在青岛逝世。

长江歌[1]
（1917年7月）

看看看，滔天大祸，飞来到身边——
日本强盗似狼贪，硬立民政官！
此耻不能甘，山东又要似朝鲜！
嗟我祖国，攘我主权，破我好河山。

听听听，山东父老，同胞忿怒声，
送我代表赴北京，质问大总统！
反对卖国廿一条[2]，保护我山东，
堂堂中华，炎黄裔胄[3]，主权最神圣。

萧三主编：《革命烈士诗抄续编》，北京：中国青年出版社，1982年版，第1页。

【注释】

1. 1919年五四运动爆发，北京数千名学生在天安门前集会，要求废除二十一条。全国各地学生纷纷云集响应。山东学生除游行示威外，还推派代表去北京向北洋军阀政府"大总统"徐世昌请愿，要求保护山东的一切权利。这首歌就是王尽美为济南学生暑假讲演团所谱写的歌词。之所以命名为"长江歌"，意在说明学生的爱国精神像长江那样永远滚滚东流。

2. 廿一条：即"二十一条"。是日本帝国主义利用第一次世界大战的时机，向袁世凯政府提出的旨在独占中国权益的秘密条款。

3. 炎黄裔胄：指汉族是炎帝神农氏、黄帝轩辕氏的子孙。

无情最是东流水[1]

无情最是东流水，日夜滔滔去不停。
半是劳动血与泪，几人从此看分明。

萧三主编：《革命烈士诗抄续编》，北京：中国青年出版社，1982年版，第1页。

【注释】

1. 这首诗是王尽美在出席中国共产党第一次全国代表大会后，回到济南市历下亭时所写的，表达了要唤醒劳动人民起来革命的决心。

王若飞

王若飞（1896—1946），贵州安顺人。1923年加入中国共产党。土地革命战争时期，曾任中共豫陕区党委书记、中共驻共产国际代表团成员。抗战时期，曾任中共陕甘宁边区宣传部部长、统战部部长等职。1945年作为中共代表团代表之一，陪同毛泽东、周恩来赴重庆谈判。1946年返回延安时，途中因飞机失事在山西兴县黑茶山不幸遇难。

狱中诗三首[1]

铁窗难锁钢铁心[2]

死里逃生唯斗争，
铁窗难锁钢铁心。

监狱怒吼歌[3]

伸出拳头去斗争呀！
斗争就可得自由呀！
咿呀嗨，呀呼嗨，
斗争就可得自由呀！！
呀呼嗨，咿呀嗨。

为谋解放头可断[4]

为谋解放头可断，

留得清白在人间。

　　王若飞著:《王若飞文集》,贵阳:贵州人民出版社,1996年版,第137页。

【注释】

1. 1931年7月,王若飞从莫斯科被派遣回国去领导西北陕甘宁绥一带的农民解放斗争与民族解放斗争,并担任西北工委特派员一职。由于叛徒告密,同年10月,王若飞在包头被捕,随后被关押在归绥监狱。这三首诗即在归绥监狱中所作。其中第一首诗和第三首诗的题目以及这三首诗的总题均系《王若飞文集》的编者所加。

2. 王若飞在归绥狱中,为了鼓舞同志们的斗志,写了短文《生活在微笑》,"死里逃生唯斗争,铁窗难锁钢铁心"这两行诗,便是该文的结尾。

3. 《监狱怒吼歌》是用陶行知编《锄头舞歌》的谱子写成的,当时流行于狱中。可惜这首歌的歌词没有全部流传下来。

王泰吉

王泰吉（1906—1934），陕西临潼人。1924年考入黄埔军校，在校时加入中国共产党。1928年参与领导渭华起义，任西北工农革命军参谋长。1933年率部创建以南梁为中心的陕甘革命根据地。1934年1月被捕，同年3月在西安就义。

壮 志[1]

七尺男儿汉，足立天地间。

满目不平事，蹈履[2]待何年。

萧三主编：《革命烈士诗抄续编》，北京：中国青年出版社，1982年版，第139页。

【注释】

1. 这首诗作于1924年，为作者从西安陕西省立三中去黄埔军官学校学习时所作。
2. 蹈履：实践革命活动。

绝命诗[1]

崤函[2]振鼓山河动，萧关[3]频翻宇宙红。

系念袍泽[4]千里外，梦魂应知寄愁容。

萧三主编：《革命烈士诗抄续编》，北京：中国青年出版社，1982年版，第142页。

【注释】

1. 此诗作于1934年初就义前。
2. 崤函：即崤山和函谷关，这两处是进入陕西的险要处。
3. 萧关：在今宁夏固原市以东，是关中西北方的关口。
4. 袍泽：指部队中的同志。

王孝锡

王孝锡（1903—1928），甘肃宁县人。1924年考入国立西北大学。1926年加入中国共产党。1928年，领导和参加了旬邑暴动。同年11月被捕，于12月在兰州就义。

牺牲者的悲哀[1]
（1924年）

我是个受创的病鸟，

再禁不起在旧瘢上，更受新伤了，

眼想不视，却不能不视，

耳想不听，却不能不听，

更想断绝一切的思感，却不能不思感。

啊！这是何等的心境啊！

你为什么又在落泪了，

爱我吗？

只觉你颗颗的泪珠，

滴入我的心房，

却变成了——百千个利刃，百千个弹丸。

千里青著：《紫藤园夜话续集》，西安：西北大学出版社，2002年版，第7页。

【注释】

1. 1924年夏，负笈西大的王孝锡忧国忧民之心更甚，写了这首新诗，通过含蓄的隐喻，寄托愤世嫉俗之情。

追悼北京死难烈士专号[1]
（1927年6月7日）

霹雳一声，
在阴霾沉沉、妖气弥漫的北京，
现出霞光万道——
主义的鲜花，
烈士的血星，
表现在帝国主义的发抖中。
你们的精神，
高唱在民族解放运动中；
你们的声音，革命导师，
人类明星，
你们一面引颈，一面高呼：
"枪弹是革命者的饮食，
死是革命者的归宿，
为了被压迫阶级最后的胜利。"
这是何等的悲壮啊！
你们是为党，
为国，
为全人类解放而牺牲。
这是何等光荣！
后死者的我们，恨不能列入诸君之林，
与贼拼命。
真羞！
真惭愧！
可是诸君的鲜血，
深注在我们的脑中，
应当怎样努力，
前进！奋斗！杀贼！

才能完成你们未竟之功,

慰你们在天之灵!

千里青著:《紫藤园夜话续集》,西安:西北大学出版社,2002年版,第8页。

【注释】

1. 1927年4月28日,军阀张作霖在北平杀害了李大钊等20名共产党员,消息传到兰州,王孝锡等特支领导人组织青年社和各界群众,公开举行追悼大会,并主编了一期《追悼北京死难烈士专号》,此诗收录其中。

绝命词[1]

(1928年12月29日)

纵有垂天翼,

难脱今夜险。

问苍天:何不行方便?

驭飞云,驾慧船,

搬我直到日月边。

取来烈火千万炬,

这黑暗世界,

化作尘烟。

出铁笼,

看满腔热血,

洒遍地北天南。

一夕风波路三千,

把家园骨肉齐抛闪,

自古英雄多患难,

岂徒我今然!

望爹娘,

休把儿挂念,

养玉体,

度残年,

尚有一兄三弟,

足供欢颜,

儿去也,

莫牵连!

千里青著:《紫藤园夜话续集》,西安:西北大学出版社,2002年版,第10页。

【注释】

1. 1928年10月15日,王孝锡在宁县家中被捕,行刑前奋笔给父母写了诀别诗。即是此诗。

王效亭

王效亭（1901—1931），原名王恩华，字爱民。安徽岳西人。黄埔军校毕业。1924年秋加入中国共产党。曾任中共潜山县委书记、英山中心县委书记。1930年2月领导清水寨起义，任工农革命军第四十三师师长兼政委。1931年2月任中央教导二师政委，同年10月在"肃反"中于湖北英山被错杀。

吊梅花小姐墓

坟前宿草绿如茵，
凭眺荒碑酒数巡。
一树梅花两行泪，
我来何处吊芳魂。
月为明镜帐为霞，
绿竹青蒲绕作家。
自笑人间尘俗子，
几生修得到梅花。[1]

《岳西英烈》（第1辑），1986年版，第58页。

【注释】

1. 语出宋末元初诗人谢枋得《武夷山中》"天地寂寥山雨歇，几生修得到梅花"句。

王幼安

王幼安（1896—1928），又名王宏文，湖北麻城人。1922年加入中国共产党。1926年遵照上级指示以个人身份加入国民党。1927年12月8日运送武器时因叛徒告密被捕，次年2月17日英勇就义，年仅32岁。

就义诗

马列思潮沁脑骸，军阀凶残攫[1]我来。
世界工农全秉政[2]，甘心直上断头台。

萧三主编：《革命烈士诗抄续编》，北京：中国青年出版社，1982年版，第74页。

【注释】
1. 攫：本义指鸟兽以爪抓取，此处泛指抓。
2. 秉政：执政。

韦拔群

韦拔群（1894—1932），壮族，原名韦秉吉，后改名韦萃。广西东兰人。1926年底加入中国共产党。1929年参与领导百色起义。1932年10月壮烈牺牲。所留诗文不多，现存《跟列宁向前》《游历三年整》等诗。

跟列宁向前[1]

民国十一年，
起义闹翻天。
在茅京开会，[2]
百姓笑开颜。
千村连万峎，[3]
遍地举枪杆。
民国十一年，
起义闹翻天。
喊声好比雷震天，
齐跟列宁冲向前。
在茅京开会，
百姓笑开颜。

黄耿主编：《右江战歌》，南宁：广西人民出版社，1998年版，第3页。

【注释】
1. 此诗为韦拔群早年所作，以壮族民歌的形式记述了1922年东兰革命的场面。
2. 指韦拔群于1922年在西山小茅京召开革命同盟会组织"合团"一事。
3. 指韦拔群带领西山农民广泛开展抗粮抗税的斗争。

魏文伯

魏文伯（1905—1987），湖北黄冈人。1926 年 8 月加入中国共产党。1927 年参加南昌起义。1930 年任中共北平市委秘书长。1940 年任江北抗日根据地定远县县长。中华人民共和国成立后任最高人民检察署华东分署检察长等职。1987 年 11 月在上海病逝。著有诗集《松下诗选》等。

岁寒心[1]

（1933 年春）

1931 年夏，余第三次被捕于北平，至 1932 年冬取保就医释放，即养肺病于北平同仁医院附属西山疗养院。1933 年春，日寇向我华北节节进攻，国民党蒋介石不战而退，出卖冀东以求和。作此以明志。

生来无媚骨，
唯有岁寒心。
西山独病卧，
青松结比邻。
故园千里外，
六载失家音。
"国破山河在"，[2]
从戎发万兵。

魏文伯著：《松下诗选》，上海：上海文艺出版社，1980 年版，第 4 页。

【注释】

1. 1931 年夏，魏文伯在北平被国民党逮捕，关押于草岚子监狱。之前他在 1930 年任中共北平市委秘书长时，因组织游行示威曾两次被捕。

2. 语出唐代诗人杜甫《春望》"国破山河在，城春草木深"句。

晚 霞[1]
（1933年秋）

　　1933年，余被囚在伪"北平军人反省院"[2]时，因抗拒敌人反省政策，敌人采取分化和孤立手段，将余闭居独号，以示惩罚。号内除一人卧床外，只可直行四步。号之铁窗外有一垂柳。是年八月×日，正值晚霞映窗，蝉鸣柳上，余在号内以手携镣缓步，因而感怀，以明其志。

晚霞的光辉，
闪耀在我的眼中，
把自然之母熔化成火焰般的红。
垂柳独立，
随着和风飘摇荡漾，
晚蝉高挂在那青青的枝上，
伴着镣环声儿歌唱。

我系在这铁格栏中，
重锁深深，
寸步不由我自行；
曾经爱我的人们，
如今多不愿与我相近相亲。
而倔强的我，
更不愿向他人聒耳乞怜。

只有自觉的人群，
便知道我：
纵使广大的冰洋，

也不能溶熄我这颗烈火的心，
　　我要将这逼近的黑夜赶散，
　　欢笑地去迎接东方的黎明。

　　魏文伯著：《松下诗选》，上海：上海文艺出版社，1980年版，第149页。

【注释】

1. 1933年夏，魏文伯被派往"抗日同盟军"任军事委员会秘书，同年在北平被国民党逮捕入狱，此诗为其在狱中所作。

2. "北平军人反省院"：即国民党政府为关押北平、天津两地被捕的共产党人所设立的看守所，因地处草岚子胡同，所以又称"草岚子监狱"。

伍若兰

伍若兰（1906—1929），女，湖南耒阳人。1925年加入中国共产党。1926年任耒阳县妇联会主席，从事农民运动工作。1928年同朱德结为夫妻，并随红军奔赴井冈山，在红四军军部政治部负责宣传工作。1929年为掩护军队突围，身负重伤，不幸被捕，同年2月英勇就义。

如今世道太不公[1]

如今世道不公平，富的富来穷的穷，
富人高楼饮美酒，穷人赤膊喝北风。

康锦达编：《中华英烈传》，沈阳：辽宁少年儿童出版社，2012年版，第105页。

【注释】

1. 这首歌谣是伍若兰在1926年冬回家乡筹建农会、开办夜校时所作。她创作这些通俗易懂的歌谣来揭示阶级压迫的真实情况，意在启发农民的阶级觉悟。

伍中豪

伍中豪（1905—1930），原名伍昭莆，湖南耒阳人。黄埔军校第四期毕业，中国工农红军高级指挥员，中国人民解放军创建人与领导人之一。1923年加入中国共产党。1927年参加秋收起义，并随毛泽东奔赴井冈山，着手开辟革命根据地。1930年10月，在江西遭反动武装袭击时弹尽援绝，不幸牺牲，年仅25岁。

寄友·咏志[1]

男儿沙场百战死，壮志马革裹尸还。
埋骨何须桑梓地，[2]人间到处有青山。[3]

衡阳市党史人物革命烈士传记编纂委员会编：《衡阳英烈传》，1991年版，第26页。

【注释】

1. 这首诗为伍中豪于1929年5月间所作，曾传诵一时，影响深远。
2. 古代的人们经常在自家的房前屋后植桑栽梓，后来，人们便常用"桑梓"来代称故乡。
3. 此句似改自日本政治家西乡隆盛"埋骨何期坟墓地，人间到处有青山"句。

夏明翰

夏明翰（1900—1928），湖南衡阳人。1921年冬加入中国共产党。1924年任中共湖南省委委员，负责农委工作，后兼任组织部部长等职。1927年3月，应毛泽东邀请前往武汉，任全国农民协会秘书长等职。中共八七会议后，在湖南积极组织参加秋收起义。1928年2月在汉口被敌人逮捕，随后不幸遇害，时年28岁。

江上的白云[1]

（1922年初）

江上的白云，
一层一层堆起来。
抬头望去，
简直分不清东、西、南、北。
——哪里是广东、北京、上海？
同志啊：
你们在哪里奔走呼号，
这里也听得见你们的声音。
一层一层的白云，把不尽的长天遮住，
我想看见你们，也看不清！
但是我耳朵里却听得见你们呼号的声音，
心头上，却想见你们奔走的情形。
我羡慕你们的牺牲，
我羡慕你们的勇猛；
我在这里，虽是天天同着灿烂的太阳起来，
但是看不见一点光明，只是沉沉的黑暗！
这难道是我们的生活？！
这难道是我们的当应？！
我们看见他，
只在那暗沉沉的大殿里，两只黑漆漆的棺材；

几点不明不灭的灯光，放出那一线一线的悲哀。

我的心头上，不觉一阵阵，如潮如汐地荡去荡来。

听！那湘江的水声：

前头的去了，后面不断地逐着奔放。

看！那天上的白云：

上面的散了，底下不尽地浮着堆上。

前面的呼喊快止了，后面又继起了摇天动地的哭声。

前面的血光快暗了，[2]

后面的热泪又海放江奔，

一点一滴，一寸一尺，

一分一秒，一时一日，

——前进不已！

到将来，自然有那光明灿烂的世界，做我们的坟墓。

有那爱美调和了的空气，做我们的墓碑。

在那时，又何必分什么他、我、你！

……

我们的大坟墓，已经兴工了。

——也就是生命之花发芽了。

我们的先锋，[3]已经向前去了，

我们应该庆祝，应该悲悼！

江上的白云，把我的眼界遮住，

使我除了黑魆魆的外，一点也不能看！

啊，我应当知道：

这是什么，把我的身体，压上了千万斤的重量？！

刘德隆、刘瑀编著：《新中国的先声——中国无产阶级革命先驱诗存》，长春：吉林文史出版社，2009年版，第78页。

【注释】

1. 这首诗原载于1922年在上海复刊的《劳工周刊》，是夏明翰在黄爱、庞人铨的追悼会上挥泪写就的，"江上的白云"暗指北洋军阀的黑暗统治。

2. 作者在此处用"血光"暗指革命先烈所抛洒的热血，表现了他极其悲愤的心情。

3. "先锋"意指被北洋军阀赵恒惕所杀害的湖南早期工人运动领袖黄爱与庞人铨。

就义诗[1]

砍头不要紧，只要主义[2]真。

杀了夏明翰，还有后来人。

萧三主编：《革命烈士诗抄》，北京：中国青年出版社，1962年版，第16页。

【注释】

1. 据谢觉哉所作《夏明翰同志传》中描述，此诗为夏明翰1928年临刑时所作，当执行官问他还有什么遗言时，他奋笔写下了这首荡气回肠的就义诗。

2. 主义：即马克思主义、共产主义。

夏衍

夏衍（1900—1995），原名沈乃熙，字端先，浙江杭州人。著名戏剧家、文艺评论家、翻译家。1927年加入中国共产党。1929年冬，参与筹建中国左翼作家联盟，后又发起组织中国左翼戏剧家联盟。中华人民共和国成立后历任上海市委常委等职。1995年2月在北京去世，享年95岁。著有《上海屋檐下》《法西斯细菌》等。

残 樱[1]

（1922年4月1日于户畑）

短命的樱花，
才报含苞，
便忽忽地谢去！

一片片的残樱，
蝶儿般地飞向春泥去。

被时光逼走的么，
还是她自己不愿长存？
我问。

太残暴了呀，
观花的士女！
樱花真个有知，
哪肯和泥醉了的人们同处！

留恋不得了
不如归去。
也让已谢了的花魂，
向大自然诉个畅畅的！

若不经许多木屐的蹂躏，
春雨的灌溉，
和花片儿的归依，
春泥怎能引诗人的怜爱如许！

假使有不谢的樱花，
那么灿烂的花片儿，
也不过当作叶儿看吧，
有甚稀奇！

夏衍著：《夏衍全集·文学》（下），杭州：浙江文艺出版社，2005年版，第1页。

【注释】

1. 此诗于1923年3月3日发表在上海《民国日报》副刊《平民》第143期上，署名宰白，为作者在日本福冈户畑町明治专门学校学习时所作。

向警予

向警予（1895—1928），女，土家族，湖南怀化人。中国共产党创始人及早期领导人之一，女权主义领袖。1916年创办溆浦女校。1919年底赴法勤工俭学，回国后于1922年初加入中国共产党，同年在党的二大上当选为候补中央委员，担任中央妇女部第一任部长，并撰写了大量文章，用马克思主义理论阐述中国的妇女问题。1928年5月不幸遇害，年仅33岁。

溆浦县立女校校歌[1]

美哉！
卢峰之下溆水[2]滨，
我校巍巍矗立当其前。
看，
我们姊妹一堂，相爱相亲。
现在已是男女平等，
天然淘汰，
触目惊心！
愿同学做好准备，
为我女界啊，
大放光明。

向警予著：《向警予文集》，长沙：湖南人民出版社，1985年版，第287页。

【注释】

1. 此诗是向警予为其在1916年创办的溆浦女校所作的校歌。溆浦女校在历经溆浦简易女子乡村师范附属小学、县立第二小学等名称的更迭后，1978年经湖南省委宣传部下文更名为"警予学校"。

2. 溆水：又叫溆浦河，位于湖南省溆浦县内，因其位于长江以南地区，所以又称溆水江南。

读谢代茜烈士日记手稿[1]
（1927年10月）

云横胭脂岭[2]，波涌白马涛[3]。
千秋知遇在，旷世英风高。

向警予著：《向警予文集》，长沙：湖南人民出版社，1985年版，第235页。

【注释】
1. 1927年，与向警予一起在武汉从事革命活动的中共党员谢代茜在调往上海共青团工作后，不幸蒙难牺牲。生前她曾在狱中托人致书向警予，表示诀别，并附寄自己的日记等物。向警予得知噩耗后，复读了谢的日记，悲从中来，遂写下此诗。
2. 胭脂岭：指满山落满枫叶，如同抹上胭脂的山岭。
3. 白马涛：形容白浪滔天的潮水。古人有"白马素车"之语，传说伍子胥含冤死后化作江神，时见其乘白马素车，立于潮头之上。

肖次瞻

肖次瞻（1905—1940），贵州思南人。1926年加入中国共产党。1940年调任中共贵州省工委秘书长，并负责贵阳地区的地下党工作。同年7月被国民党反动派逮捕入狱，随后被秘密杀害，年仅35岁。

登观音山[1]

4月5日晨，由龙里出发，上观音山，口占一律。

跋涉来千里，登程趁早阳。
路宜之字曲，[2]花爱忍冬[3]香。
四顾群山静，摩肩旅客忙。
升高宜缓步，此去乃康庄[4]。

贵州省博物馆编：《贵州革命烈士诗抄》，贵阳：贵州人民出版社，1980年版，第35页。

【注释】
1. 1935年肖次瞻为寻找党组织来到贵阳，途经观音山时，写下了这首诗。
2. 指的是山中"之"字形或"人"字形的道路或小径，易于攀爬。
3. 忍冬：别称金银花，花期较长，经霜不败，秋季亦常开花。
4. 康庄：指的是四通八达的大道，在此处表现了作者即将找到党组织的愉悦心情。

肖 华

肖华（1916—1985），又名肖以尊，江西赣州人，上将军衔。1928年加入中国共产主义青年团，随后不久参加兴国暴动。1930年参加中国工农红军，同年加入中国共产党，曾先后参加中央苏区反"围剿"，平型关战斗、辽沈、平津等重大战役。中华人民共和国成立后，历任空军政委、总政治部副主任等要职，1985年在北京逝世，享年69岁。著有诗集《铁流之歌》等。

望井冈[1]

长年辛苦盖楼堂，泥工自无半间房。
富豪粮霉酒肉臭，[2]穷汉饥寒饿断肠。
膘肥纨绔[3]皆骄奢，褴褛贫童志气强。
常背重担压肩骨，昼夜汗泪湿衣裳。
风雪呼吼年关到，债主扑门似豺狼。
横征暴敛吸血鬼，军阀洗劫民遭殃。
昏天黑地旧社会，多少泪眼望井冈。
星星之火燎闽赣[4]，驱散乌云见太阳。

肖华著：《铁流之歌》，济南：山东文艺出版社，1986年版，第3页。

【注释】

1. 作者自注："这是听一些红军干部在忆苦会上控诉旧社会罪恶的情景后所作。"
2. 语出唐代诗人杜甫《自京赴奉先县咏怀五百字》"朱门酒肉臭，路有冻死骨"句。
3. 纨绔：原指用细绢做的裤子，后常用来指代富家子弟。
4. 1927年，毛泽东在领导秋收起义后，于10月到达江西，开始着手创建井冈山革命根据地，但是当时党内"左"倾思想盛行，1930年毛泽东致信林彪，在信中批判了党内存在的悲观思想，这封信就是《星星之火，可以燎原》。

伤[1]

（1936年3月4日于山西孝义大麦郊[2]）

战云密布着大地，
炮火交织成雷鸣，
正义和邪恶在黎明前搏斗，
胜利即将在这里降临。
呐喊，厮杀，
伴着拂晓的鸡鸣；
沟壑，山涧，
安排下强盗的坟冢。
我们冲锋
——迎着密集的弹雨；
我们前进
——哪怕流血、牺牲。
正义之师无敌，
正义之师必胜，
为独立，为自由，
这是我们神圣的使命！
我们的血决不会白流，
化作赤旗飘动，
化作山花鲜红。

肖华著：《铁流之歌》，济南：山东文艺出版社，1986年版，第42页。

【注释】

1. 1936年1月，毛泽东、周恩来等签发命令，指示"主力红军即刻出发，打到山西去"，此诗描绘的便是东征红军战斗的场面。
2. 山西孝义大麦郊为当时东征红军的总部驻地。

黄河之夜[1]

（1936年3月22日）

一

星光寥寥，
河水低吟，
沉静的大地漆黑一片，
夜幕隐蔽着我们秘密的行动。
水手们抬着新船，放荡河中去
——声儿轻轻；
战士们荷枪实弹，跃入船中
——心儿怦怦。
鸟语，歇了，
犬吠，住了，
有谁知，万籁俱寂中
凝聚着万钧雷霆。
你听，号角吹响了，
霎时，火光冲天，冰水交涌，
夜在怒吼，
夜在沸腾，
渡河的英雄，
打垮了几十倍的敌人，
三百里敌堡，
化成了齑粉[2]，
敌人凭险负隅的黄河天堑，
今夜被我们英雄的红军扫清！

二

河风拂面，旭日东升，

红旗飘飘，大军东行。

千万张脸庞，

都为胜利欢笑；

千万军民，

结成了抗日的长城。

前进，前进，

为自由、独立、解放，

高唱胜利的东征！

前进，前进，

不消灭那汉奸强盗，

我们决不收兵！

肖华著：《铁流之歌》，济南：山东文艺出版社，1986年版，第45页。

【注释】

1. 此诗与《伤》同作于红军东征时期。
2. 齑粉：即粉末、碎屑。

萧楚女

萧楚女（1891—1927），原名萧秋，字树烈，笔名楚女等。湖北汉阳人。1924年担任中国社会主义青年团中央委员。1926年协助毛泽东编辑《政治周报》，并于同年担任黄埔军校政治教官，参与指导全校的政治工作。1927年4月被国民党反动派逮捕，不久在狱中被害，时年36岁。

寄孙问梅兼示泥清仲宣[1]

北风吹寒雨，夹势如飞镝[2]。
飘然天涯来，萧飒满园湿。
广陌叶声繁，穷巷泥涂积。[3]
卷帘望秋色，洒扫无遗迹。
幽人悲岁暮，念此百感集。
初与君别时，何言日月疾。
天时不我与，人事犹如昔。
历历西窗下，熠熠秋灯侧。[4]
檐花[5]落细雨，秋声绕虚室。
载[6]饮我浊酒，载豁我胸膈。
赋诗准曹刘，谈话拟卫霍。[7]
少年俊迈气，壮志未肯息。
及今蓬发[8]改，三十不能立。
酒醒中夜起，抚剑涕横臆。[9]
相知遍海内，此怀何由说。
病叶先衰殒，枯鱼过河泣。[10]
凄悯箜篌引，饱蠹不忍读。[11]
落落肝胆交，维君崇令德。[12]
相视何所赠，炯然此莫逆。[13]
秋花含红泪[14]，淋漓频首滴。
狼藉[15]庭阶前，慰君他乡忆。

萧三主编：《革命烈士诗抄续编》，北京：中国青年出版社，1982年版，第8页。

【注释】

1. 此诗原载于 1918 年 12 月 9 日《汉口新闻报》，当时作者与好友孙问梅、刘泥清和秦仲宣在武汉参加新文化运动，不久，三人先后离开武汉，作者遂写诗寄赠。

2. 飞镝：即疾飞的箭。

3. 广陌：即宽阔的大路。穷巷：指的是冷僻简陋的里弄。

4. 历历：状分明。熠熠：状光亮。

5. 檐花：屋檐下种的花。

6. 载：助词，犹"乃"。

7. 曹刘：三国时魏国的曹植、刘桢，都是著名的诗人。卫霍：汉武帝时的卫青、霍去病，都是著名的大将，屡立大功。

8. 蓬发：像蓬草那样乱的头发。

9. 中夜起：源于祖逖闻鸡起舞。涕横臆：涕泪满胸。横：横流，指眼泪多。

10. 病叶：比喻有病的人经不起革命艰苦的考验先倒下了。枯鱼过河泣：古乐府《枯鱼过河泣》中有"作书与鲂鱮，相教慎出入"句，意思是被捕的鱼成了干鱼，它写信给别的鱼，告诫它们小心被捕。这是告诫同志要提高警惕。

11. 箜篌引：乐府《相和六引》之一，写一个人徒步渡河被淹死，其妻援箜篌（古乐器）而歌《公无渡河》，声甚凄惨。饱蠹句：意思是书稿给蛀虫蛀坏，不忍卒读。这两句反映了作者悲愤的心情。

12. 落落：光明状。肝胆交：肝胆相照的朋友，指革命同志。令德：美德。

13. 炯然：光明状。莫逆：志同道合，指把一颗赤子之心送给朋友。

14. 红泪：意为革命者的泪或为悼念牺牲的同志而落下的泪。

15. 狼藉：状落花之散乱。

萧 三

萧三（1896—1983），原名萧克森，字子暲。湖南湘乡人。现代著名诗人、翻译家。曾就读于湖南第一师范，毕业后与毛泽东等人一起创建"新民学会"。1922年秋加入中国共产党。1930年代表"左联"出席在苏联举行的国际革命作家代表会议，并当选国际革命作家联盟书记处书记。中华人民共和国成立后，主要从事对外文化交流工作。著有《萧三诗选》等。

南京路上[1]
（1931年）

一

南京路上冷清清，
雾里街灯半暗明。
细雨霏霏北风紧，
冷透车夫骨和筋。
四面湿墙只发亮，
太太老爷好梦长。

墙儿入梦。
影儿憧憧[2]。
一个一溜
　往前走，
二人紧紧地
　步后尘。
目光锐如剑，
步履不闻声……
角儿，这里！

"快点！……"
"且停！……"

耳语三两句，
各自奔路程。
一个往左行，一个上前去，
第三个——向右奔。

阿张成功了。
阿李成功了。
阿王成功了。
标语——贴好了！
口号——写好了！
口号写在墙壁上。
标语贴在电杆上。

"打倒帝国主义！"
"打倒国民党！"
"中国红军万岁！"
"苏维埃政权万岁！"

二

俄国白党当巡捕，
英国人的好狗奴。

白俄巡捕背着枪，
十字街口紧提防。
人影一闪躲不及，
瞧见阿李和张、王。
阿李知道事不好，
阿王急往弄堂跑。
白俄开枪一！二！三！
阿张应声往地倒。
跑来阿李和阿王，
想夺白俄那支枪。

白俄一声吹警笛，
各路警狗都齐集。
南京路上顿变色，
只听见一片喧嚣带叹息。

一个个奋勇缚死虎：
"好大胆和我们开玩笑！
作甚用这块红布？
为什么这多字条？"

"这一树红旗灿烂，
我们高举着示威。
这一捆宣言传单，
看散发时雪片纷飞。
我们号召工人
　　罢工！
我们号召农民
　　暴动！"
　　"打！"
枪把子……
刺刀……
"招吧，
你这小子！
你们从哪儿来的？
还有谁在哪里？"——

"我们从各处都来。
我们到处都是。
哪儿有空气，
哪儿便有我们。
哪儿有阶级，
哪儿便有斗争。

百万群众已奋起,
不愿再做死奴隶。
哼!打死我们三个不算巧,
随我们起来的千百兆!
你不死我我死你,
阶级斗争最严厉。"

最后几个口号狂声喊。
最后几次呻吟气已短。

南京路上冷清清,
雾里街灯半暗明。
细雨霏霏北风紧,
冷透车夫骨和筋。
四面湿墙只发亮,
太太老爷梦正长。

萧三著:《萧三诗选》,北京:人民文学出版社,1960 年版,第 5 页。

【注释】

1. 本诗原载于苏联报刊,意在对中国革命进行宣传,反对法西斯侵略战争,歌颂社会主义。
2. 憧憧:摇曳不定的样子。

棉 花[1]

(1932 年)

农夫种棉花,
棉桃长得肥又大。
农妇摘棉花,
一朵一朵收回家。
弄出来雪白的棉花,

软茸茸的干干净净的棉花。
一点点一滴滴的血汗，
一朵朵一堆堆的棉花——
通通归给大地主、资本家。

农民种棉真辛苦，
粒粒汗珠落田土。
等到棉花归了蒋介石，
拿去分给自己的队伍。
蒋介石拿着棉花来，
把兵士的耳朵紧塞住。

说起可怜又可笑，
一心想把苏区剿。
大吹牛皮灭红军，
三番五次不凑巧。
只因人民群众帮红军，
本来红军就是工人和农民。

红军每次打败老白军[2]，
不由白军胆战又心惊。
但是最可怕的还有一件事：
大批兵士都向红军去投诚。
你无论如何也挡不住兵士跑。
红军的武器是喊话和口号。

"弟兄们，快过来站到我们这一边！
我们要打倒土豪和劣绅！
每个穷苦农民分给他们田！
兵士们，你们都也是农民！
打倒那些买办资本家！
消灭一切奸贼寄生虫！

共同建立苏维埃政府！
兵士们，你们都也是工人！"
（红军就只几声喊，
喊去白军多少营和连。
蒋介石想来想去没奈何，
只得叫兵士用棉花塞耳朵。）

蒋介石花言巧语笑颜开：
"炸弹一个一个扔下来。
大炮响得太厉害。
弟兄们，
要小心！
耳朵里面鼓膜薄，
仔细炮弹给震破。
你临阵时节最要紧：
把棉花塞住你耳朵。"

农夫种棉花，
棉桃长得肥又大。
农妇摘棉花，
一朵一朵收回家。
弄出来雪白的棉花，
软茸茸的干干净净的棉花。
一点点一滴滴的血汗，
一朵朵一堆堆的棉花——
通通归给大地主、资本家。

雪白的棉花归了大富翁，
捆住了共产党人不放松。
富人在棉花上把火油淋，
火柴一根，大火一阵，时间一瞬——
刚还活着的一条命，

只剩下一撮黑灰烬。

是这样牺牲了我的好朋友,
老同志周大。
我的舌头硬,言辞拙,
怎能将我的愤怒来表达!

啊,腥臭无情的火油!
啊,雪白无辜的棉花!
啊,可怜种棉的农民!
啊,亲爱的同志周大!

万恶的刽子手,
你且听我讲!
棉花何济事,
只是遭冤枉。
时间容易过,
棉花往上长。
总有哪一天,
和你算总账!

萧三著:《萧三诗选》,北京:人民文学出版社,1960年版,第10页。

【注释】
1. 本诗原载于苏联报刊,表现了广大人民的疾苦。
2. 白军:开始指苏联建国初期1918—1920年间的内战中反对苏联红军的军队,在我国第二次国内革命战争时期,指以国民党军为主,反对苏联和工农红军的军队。

八路军部队进行曲[1]
（1936—1937 年）

一
于今世界不太平，
东洋鬼子闹中华。
汉奸一见日本人，
一双膝头快跪下。
我军救国又保民，
千万人马齐出发。
哪怕那急流的深的水？
哪怕那险阻的高的山？
我们只有齐心又协力。
我们誓与恶敌做死战！

二
我一炮冲破敌人的碉堡。
我两枪吓得伪军尽逃跑。
大呼：中国人不杀中国人！
弟兄们，共同去挡日本兵！
年前浩浩荡荡过长江。
于今饮马黄河整戎行[2]。
渡过去急流的深的水。
跋过去千仞的高的山。
走遍全国各省千万里。
不怕蜀道难于上青天。

三

一路城市和乡村,
老少男女都欢迎。
送茶送饭又送菜,
军民一致真亲爱。
男儿年富又力强,
自愿入伍打东洋。
不怕那急流的深的水。
不怕那险阻的高的山。
全国民众都奋起。
救国重任齐负担。

四

秋风吹落梧桐叶。
冬雪连天手足裂。
春雨绵绵路泥泞。
夏日炎炎汗如淋。
不怕冷！不怕热！
上前去！快杀贼！
哪怕那深的水?！
哪怕那高的山?！
收复东北保华北,
不打胜仗誓不还!

萧三著：《萧三诗选》，北京：人民文学出版社，1960年版，第66页。

【注释】

1. 诗人写作此诗时，正值全面抗日战争爆发的前夕，诗人怀着满腔热血，写下了这首激昂的战斗之歌。

2. 戎行：指行伍、军队。

谢觉哉

谢觉哉（1884—1971），湖南宁乡人，"延安五老"之一。1925年加入中国共产党。曾先后主编《大江报》《红旗报》等，积极从事党的宣传教育工作。1933年到中央苏区工作，担任毛泽东秘书一职，并参与主持起草《劳动法》《土地法》等一系列法令条例。抗日战争爆发后，积极开展抗日民族统一战线工作。中华人民共和国成立后，历任内务部部长、最高人民法院院长等职。1971年6月在北京病逝，享年87岁。

吴佩孚败走[1]

（1926年）

白日青天尽倒吴，[2]炮声送客火车孤。
洛阳亲友如相问，[3]一片雄心在酒壶。

周振甫、陈新注释：《谢老诗选》，北京：中国青年出版社，1980年版，第1页。

【注释】

1. 作者自注："民国十五年，国民革命军北伐，吴佩孚乘火车败走时，吟'洛阳亲友如相问'句，以酒自遣。曾有句嘲之。"

2. 吴：指吴佩孚，民国时期北洋直系军阀首领。1926年国民革命军誓师北伐，于同年10月攻下武昌城，吴佩孚见势败逃河南。

3. 语出唐代诗人王昌龄《芙蓉楼送辛渐》"洛阳亲友如相问，一片冰心在玉壶"句。

望江南·忆应惠兰[1]

（1934年）

偶想到应惠兰同志，意其死久矣，不会变节，几年无从获得消息，在洪湖作俘时有念她的诗，[2]久忘记了。1934年在江西有忆她的一首词《望江南》，录于此，以当纪念。

人去也，几度草萋萋[3]。形影已随湖水逝，梦魂不共岭梅归，生死别犹疑。

愁无奈，旧事怕重提。鼓枻[4]菱湖晴荡漾，露营禾垅日清凄，情景尚依稀。

谢觉哉著：《谢觉哉诗选》，长沙：湖南文艺出版社，1986年版，第5页。

【注释】

1. 应惠兰：生卒年月已不可考，是谢觉哉在洪湖苏区时所结识的同志。后来他在阅读完苏联小说《虹》后，曾深有感触地写道："这本书使我想起洪湖苏区几位农妇——张孝贤、应蕙兰、刘桂贞等同志来，她们的言语行动颇与《虹》中女人相同。她们不怕死，她们心里没有'投降'字样。"

2. 1932年蒋介石发兵进攻湘鄂西苏区，谢觉哉随红军离开革命根据地进行战略转移，同年9月行进至洪湖苏区时，不幸被俘，3个多月后，巧妙脱险。

3. 萋萋：草木茂盛状。唐人崔颢亦有诗云："晴川历历汉阳树，芳草萋萋鹦鹉洲。"

4. 鼓枻：即泛舟，《楚辞·渔父》亦有"渔父莞尔而笑，鼓枻而去"句。

天明始觉满身霜[1]
（1935年11月）

　　1935年冬初，红军长征到达陕北苏区吴起镇（没有房子住），夜宿麦地甚暖，天明见霜满衾，遂赋。

　　　　露天麦地覆棉裳，铁杖为桩系马缰。
　　　　稳睡恰如春夜暖，天明始觉满身霜。[2]

　　谢觉哉著：《谢觉哉诗选》，长沙：湖南文艺出版社，1986年版，第6页。

【注释】

1. 亦有版本将题目写作"宿吴起镇荞麦地"。据作者回忆说："我们（指作者本人和徐特立）到了陕北吴起镇，打了一个大胜仗，长征胜利了。虽然仍然是严寒的夜晚，露宿野郊，但心里踏实，热乎乎的，睡得又甜又香。"
2. 作者原注："'天明始觉满身霜'是清代诗人郑板桥《行路难》中的诗句。"

熊亨瀚

熊亨瀚（1894—1928），湖南桃江人。早年曾参加辛亥革命，1926年加入中国共产党。大革命失败后，在武汉、九江等地从事党的地下工作。1928年11月被国民党反动派逮捕，旋即被害，时年34岁。

亡　命[1]

蹈火归来又赴汤[2]，只身亡命是家常。
东西南北路千里，父母妻儿天一方。
太息斯民犹困顿[3]，驰驱我马未玄黄[4]。
风尘小憩田夫舍，索得浓茶作胆尝[5]。

萧三主编：《革命烈士诗抄》，北京：中国青年出版社，1962年版，第33页。

【注释】

1. 1927年5月，熊亨瀚接受党的指示，以中共湖南省委特派员的身份去衡山县传达省委指示，组织衡山县军事委员会，扩大农民自卫军。后来得知南昌起义的消息时，他决定前往江西。在途经九江时，获悉南昌起义部队已经转移，他便在彭泽乔装打扮，以杂货店老板的身份做掩护。这首诗即作于此时。

2. 即赴汤蹈火，在这里指不遗余力地投入到残酷的革命斗争中去。

3. 太息：即叹气；困顿：即生计窘迫。屈原在《离骚》中亦有"长太息以掩涕兮，哀民生之多艰"之语。

4. 玄黄：马病毛色变黑黄。

5. 浓茶味苦，当作越王勾践的胆尝，指休息中都在苦心规划革命。

祢衡墓怀古[1]

赋成鹦鹉岂难筹，博得洲名鹦鹉洲。
吾独许公能骂贼[2]，墓前低首一淹留。

萧三主编：《革命烈士诗抄续编》，北京：中国青年出版社，1982年版，第67页。

【注释】

1. 此诗是熊亨瀚1928年路经鹦鹉洲时所作。祢衡，东汉末年名士，生性狂放，恃才傲物，曾击鼓骂曹，并写有《鹦鹉赋》，后被黄祖所杀，葬在鹦鹉洲上，洲即因《鹦鹉赋》而得名。

2. 指祢衡击鼓骂曹一事。孔融曾向曹操举荐祢衡，但祢衡称病不去，曹操便封他为鼓手，以表羞辱，却反被祢衡裸身击鼓以羞辱。

熊 雄

熊雄（1892—1927），江西宜丰人。早年曾参加辛亥革命、护法运动等，积极从事民主革命活动。1922年加入中国少年共产党，不久加入中国共产党。1926年任黄埔军校政治部副主任，主持军校政治部工作。1927年4月被国民党反动派逮捕，随后被秘密杀害，时年35岁。

登巴黎铁塔[1]

（1920年秋）

九年[2]秋，有友自英、美来至，与登巴黎铁塔。塔高三百米，有雄视天下概。东望沈沈[3]，忧伤故国，即口占一绝云：

登高东望一咨嗟，
长剑倚天信手拏[4]。
北海鲸鲵终就戮。[5]
南圻逐鹿竟谁家？[6]

黑士寄慨于巴黎铁塔

危仁晸主编：《江西革命烈士诗词选》，南昌：江西人民出版社，1991年版，第12页。

【注释】

1. 1919年11月，熊雄赴法勤工俭学，1920年1月到达巴黎，秋天偕友人登上巴黎埃菲尔铁塔，并作诗一首。
2. 即公元1920年。
3. 沈沈：亦作"沉沉"，邈远深邃貌。
4. 拏：同"拿"。
5. 北海：北方远僻地域的泛称。鲸鲵：在此处指凶恶的敌人。
6. 南圻：南方，与北海相对。圻：通"埼"，弯曲的水岸。逐鹿：意为争天下。

哭亲诗三章[1]
（1921年8月）

成于得耗之次日。哀萦于中，不知所云。

夕阳照槐末，亲友辱[2]书还。

远涉重洋至，乡情岂等闲。

何期读未卒，乔木萎故山。

欲哭已无泪，忧萦方寸间。

虫声鸣败叶，游子痛乡关。

大错长征[3]铸，何时补缺残？

负笈[4]频浮海，从军远渡河。

离情天独厚，埋恨地无多。

怕忆郴江约，怆怀风木歌。

庐山今惨淡，游子意婆娑。

暗落伤时泪，空挥挽日戈。

仰观云岫[5]白，此恨不消磨。

遥望太行云，亲舍在何处？

追慕狄梁公[6]，息鞭证芳素。

意气感平生，纵横明互助。

之子乡书来，哀深江南赋。[7]

绵绵恨无极，胡予此遭遇。

天步方艰危，惆怅欲何去。

危仁晟主编：《江西革命烈士诗词选》，南昌：江西人民出版社，1991年版，第13页。

【注释】
1. 这是作者在法国勤工俭学期间，得知父亲病故后所作。
2. 辱：谦辞，意为承蒙。
3. 长征：是指熊雄于1919年11月远赴重洋，到法国勤工俭学。
4. 负笈：即背着箱子。
5. 岫：山，峰峦。
6. 狄梁公：即狄仁杰，唐朝宰相。唐睿宗继位后，追封狄仁杰为梁国公。
7. 南北朝时期庾信曾作《哀江南赋》，寄寓人事变迁。

徐光霄

徐光霄（1915—1989），山东莘县人。现代作家，诗人，笔名戈茅。1934年加入中国共产党。1937年担任延安中央党校文化教员。抗战时期，参加西北战地服务团，后又担任《新华日报》编辑。中华人民共和国成立后，历任中央政府情报总署办公厅主任、中央军委联络部办公室主任等职。1989年12月因病逝世，终年74岁。著有诗文集《将军的马》《草原牧歌》等。

荒 城

（1934年9月）

寒风中，一声声嗥叫——
穷苦，悲愁，凄厉的哀号！
城堞上喘吁着斜阳衰草。
灰暗罩着寂寥！
静静地——
夜深了。……

太阳是一缸子美酒，
睡梦里，又酸又甜。
跳起来，抖一下褴褛，
一群无家可归的人们
在沉寂的马路上缓缓地走着。
眼前是一片荒凉：
禾野夹着古道，大路边的影子
像死囚一样的凄怆！
一步步，一步步，
远了，远了……
黄昏压住了脚跟。

戈茅著：《将军的马》，北京：作家出版社，1956年版，第2页。此诗原载于《中学生文艺季刊》1935年第1卷第1期。

【注释】

1. 城堞：即城上的矮墙。

风雪天的早市
（1934年11月）

像蜗牛，背着苦难——

驼了背，弓了腰；

寒风卷着飞雪，

哀号又呼啸！

饥饿，像条蛇爬上了心，

他在雪地上艰难地走着，一步一个脚印。

望着凄迷的市廛[1]，

家家紧闭上大门。

沉默弥漫了大街，

担子竖在人家屋墙上。

在期待——

看，有没有人来！

眼里开着春花，

飞雪化作白银，

沉甸甸地——

一担子都是黄金。

哦！一片风啸，

在市内咆哮。

黄金是幻想的梦，

雪从他白须上大起来了。

雇主在哪里？

老头儿，还等什么？

时候不早了！

戈茅著：《将军的马》，北京：作家出版社，1956年版，第3页。此诗原载于《中学生文艺季刊》1935年第1卷第1期。

【注释】

1. 市廛：市中店铺。

徐迈进

徐迈进（1907—1987），又名徐文元，江苏吴县人。1925年7月，加入中国共产党。历任共青团江苏省委秘书、共青团上海沪东区委委员等职。中华人民共和国成立后，继续从事新闻宣传以及文教工作，历任中共中央宣传部副秘书长，国务院文教办公室副主任，全国政协常委、全国政协新闻组长等职。1987年在北京逝世，享年80岁。

囚徒歌[1]

（1929年）

囚徒，时代的囚徒！
我们并不犯罪！
我们都从火线上俘来，
从那阶级斗争的火线上俘来。
囚徒，不是囚徒，是俘虏。

凭它怎么样虐待，
热血依旧在沸腾，
铁窗和镣铐，坚壁和重门，
锁得住自由的身，
锁不住革命的精神！

死的虽然牺牲了，
活的依旧在战斗。
黄饭和臭菜，蚊蝇和蚤虱，
瘦得了我们的肉，
瘦不了我们的骨。

失败是成功之母,

胜利终归我们所有。

努力啊锻炼!

勇敢啊奋斗!

总有一天那红旗,

随着太阳照遍全球!

雍桂良主编:《中华爱国诗词大典》,长春:时代文艺出版社,1991年版,第503页。

【注释】

1. 此诗写于1929年,当时作者在狱中。经人谱曲后,在狱中广为传唱。

徐特立

徐特立（1877—1968），原名徐懋恂，又名徐立华，字师陶，湖南善化人。早年曾兴办私学，参加辛亥革命。1927 年加入中国共产党，随后参加南昌起义。1930 年任中华苏维埃共和国临时中央政府教育部部长。1940 年任延安自然科学院院长。中华人民共和国成立后，历任中央人民政府委员会委员、全国人大常委会委员等职。1968 年 11 月因病在北京逝世。著作大都收录在《徐特立文存》中。

校中百咏[1]（节选）

一

早起亲书数十行，格言科学及词章。
为使诸生一流览，移来黑板挂前廊。

二

我愿诸生青出蓝，人财物力莫摧残。
昨宵到底缘何事，打破厨房碗一篮？[2]

三

社会稀糟人痛恨，学生今日又何如？
玉泉街[3]上曾经过，买得偷来化学书。

四

半截粉笔犹爱惜，[4]公家物件总宜珍。
诸生不解余衷曲，反谓余为算细人。

五

脚尖踏地缓缓行,[5]深恐眠人受我惊。

为何同学不相惜,不出嘻声即足声。

徐特立著:《徐特立文存》(第1卷),广州:广东教育出版社,1995年版,第79页。

【注释】

1. 1925年到1927年,徐特立任湖南省立第一女子师范校长时,先后写出"黑板诗"百余首,用以教育学生,称为"诗教"。总称《校中百咏》。

2. 学生因饭菜不好,在厨房里打了一些碗。

3. 玉泉街:是长沙旧书店开设处。徐特立在旧书店里看到一本化学书,盖有学校图章,就买了回来,因作此诗。

4. 徐特立上课时,总是用别的老师未用完的半截粉笔,学生笑他,因作此诗。

5. 徐特立晚上经常亲自去查看学生宿舍。他走路时脚步轻轻地,生怕惊扰了学生。

许光达

许光达（1908—1969），原名许德华，湖南长沙人。1925年5月加入中国共产主义青年团，后转入中国共产党。1927年参加南昌起义。抗日战争爆发后，历任抗日军政大学训练部长、教育长、分校校长等职。中华人民共和国成立后，曾任国防部副部长等职。1955年被授予大将军衔。著作编入《许光达军事文选》。

打回老家去！

迎着萧萧的北风，
冒着飘飘的白雪，
踏过敌人的尸骸，
要寻回我失散的父母妻子。

白雪煎熬着我们的身心，
朔风刺痛着我们的骨肉，
子弹带着火箭飞逝，
我们就向前方挺进一步。

倒下的有我们的兄弟，
我向他洒一把热泪；
心上更记下一笔愤怒，
听炮声震裂着大地如雷！

踏过"敌人"横陈的尸骸，
血腥中我闻出葱蒜的气味，
我用大声的呼喊，为他忏悔，
"啊！被驱的犬羊，我的兄弟！"

阴暗的天地忽然开霁，
血红的太阳拥着反正的义旗
昨日的敌人，今日的兄弟，
高喊着："自己人不打自己！"

我们要从今年打到明年，
直打到青纱帐匝满大地；
青纱帐[1]下结着旧日的好梦，
破屋子外绕着煎饼的气味。

是那里军号逆着朔风呜咽，
是那里军令带来胜利的消息，
我们要直冲到黑水白山之间，
让我们战士，骑上敌人的铁蹄。

我们将在松花江上抛下武器，
我们要隔个黄海，送一道文契。
邻国的士卒——勤劳的兄弟，
我们从今大家不再为"谁"作战！

我们要寻回旧日的破犁，
泛出土地的亲和气息，
我们迎着萧萧的北风，
冒着飘飘的白雪，
"打回老家去！"

　　许光达：《打回老家去!》，载1937年《一般话》第1卷第1期。署名洛华。

【注释】

1. 青纱帐：指长得高密的高粱、玉米。

许瑞芳

许瑞芳（1906—1934），江西临川人。1926年加入中国共产党。1928年参加湘南起义。后随朱德、陈毅上井冈山与秋收起义部队会师。1931年任红四军第十师政治部卫教科长。1934年随中央红军参加长征，同年冬在长征途中牺牲。

农人的叹声[1]

农民苦真苦，清早去锄土，
太阳已下山，做到二更鼓。
日光当头晒，汗如雨下注，
风吹暴雨淋，正在田间做。
水旱天灾降，深夜睡不着，
且幸秋收熟，大半交租谷。
镰刀方收藏，又要寻借户，
春荒米陡涨，日子真难度。
官衙差警来，催粮太紧促，
绅士去领赏，团丁作威福。
兵士来拉夫，难免将被捉，
任你怎乞求，只是空泣诉。
可怜衣无穿，补上又加补，
居住太窄狭，东倒西歪屋。
四季无饱期，时常要吃粥，
儿女已长成，怎能教他读。
人们卑贱我，道是红脚肚，
一生白勤劳，为他人造福。
总是要翻身，快去找出路，
大家来团结，别人靠不住，

努力去斗争,罢税抗租谷,

个个去做工,人人来享福。

钟健主编:《爱国人物诗文故事》,五家渠:新疆生产建设兵团出版社,2012年版,第160页。

【注释】

1. 此诗作于1926年。语言通俗却不失趣味,写出了农民深受剥削的困苦,鼓动农民进行抗争。

宣侠父

宣侠父（1899—1938），浙江诸暨人。1923年加入共青团，担任团杭州地委秘书，后转为中国共产党党员。1935年化名宣古渔，前往香港进行统战工作，领导成立了中华民族革命同盟。1937年被任命为八路军第十八集团军高级参议。1938年7月31日遭暗杀。

赠张之道[1]

神州遍地涨烽烟，莫只登楼意黯然。
唯有齐心来革命，一条生路在人前。

张永健、刘汉民、何联华主编：《红色诗词赏析》，武汉：武汉出版社，2014年版，第307页。

【注释】

1. 此诗见于作者遗墨。1927年5月北伐军直入中原，宣侠父随军去潼关与北伐军会师，临行前向友人张之道赠此诗，借以共勉。

杨 度

杨度（1874—1931），湖南湘潭人。于1929年由潘汉年介绍，周恩来批准，秘密加入中国共产党。杨度于经学、史学、诗词文学领域均有很深的造诣，他的许多脍炙人口的诗句，被后人传诵。著有《杨度集》。

《黄河》歌词[1]

黄河，黄河，出自昆仑山。
远从蒙古地，流入长城关。
古来圣贤，生此河干。
独立堤上，心思旷然。
长城外，河套边，黄沙白草无人烟。
思得十万兵，长驱西北边。
饮酒乌梁海，策马乌拉山。[2]
誓不战胜终不还。
君作铙歌，观我凯旋。

田遂著：《杨度与梁启超》，太原：北岳文艺出版社，2011年版，第308页。

【注释】

1. 此诗是杨度为中等学校所作。梁启超在《饮冰室诗话》中曾称道说："今欲为新歌，适教科用，大非易易。盖文太雅则不适，太俗则无味。斟酌两者之间，适合儿童讽诵之程度，而又不失祖国文学之精粹，真非易也。杨皙子之《黄河》《扬子江》诸作，庶可当之。"

2. 乌梁海：亦作兀良哈，为突厥族，语言风俗则似喀尔喀人，自称东巴，居唐努山、阿尔泰山和萨彦岭之间。乌拉山：阴山支脉。"乌拉"蒙语意为山，位于内蒙古巴彦淖尔明安川之南，黄河之北。

湖南少年歌[1]（节选）

中国如今是希腊，湖南当作斯巴达。
中国将为德意志，湖南当作普鲁士。
诸君诸君慎如此，莫言事急空流涕。
若道中华国果亡，除非湖南人尽死。
尽掷头颅不足痛，丝毫权利人休取。
莫问家邦运短长，但观意气能终始。
埃及波兰岂足论，慈悲印度非吾比。
我家数世皆武夫，只知霸道不知儒。
家人仗剑东西去，或死或生无一居。
我年十八游京甸，上书请与倭奴战。[2]
归来师事王先生，学剑学书相杂半。[3]
十载优游湘水滨，射堂西畔事躬耕。
陇头日午停锄叹，大泽中宵带剑行。
窃从三五少年说，今日中国无主人。
每思天下战争事，当风一啸心纵横。

文鸣辑注：《湘潭历代诗词选》（下），湘潭：湘潭大学出版社，2013年版，第850页。

【注释】

1. 此篇载《饮冰室诗话》中，梁启超有如下引言："湘潭杨皙子度，王壬秋先生大弟子也。昔卢斯福演说，谓欲见纯粹之亚美利加人，请视格兰德；吾谓欲见纯粹之湖南人，请视杨皙子。顷皙子以新作《湖南少年歌》见示，亟录之，以证余言之当否也。"

2. 光绪二十年（1894年）、二十一年（1895年），杨度参与会试均落第，会试期间恰逢公车上书，结识了梁启超、袁世凯、徐世昌等人。

3. 光绪二十一年，杨度返乡，一代名儒王闿运亲自到杨家招其为学生，王闿运常称杨度为"杨贤子"。

杨开慧

杨开慧（1901—1930），湖南长沙人。杨昌济之女，毛泽东的第一任妻子。1921年加入中国共产党，曾在中共湘区委员会负责机要兼交通联络工作。1930年10月被湖南省政府主席何键的部下逮捕，11月14日，杨开慧英勇就义于浏阳门外识字岭，年仅29岁。

偶　感[1]

天阴起朔风，浓寒入肌骨。
念兹远行人，平波突起伏。
足疾已否痊，寒衣是否备？[2]
孤眠谁爱护，是否亦凄苦？
书信不可通，欲问无人语。
恨无双飞翮，飞去见兹人。
兹人不得见，惆怅无已时。

雍桂良主编：《中华爱国诗词大典》，长春：时代文艺出版社，1991年版，第408页。

【注释】

1. 此诗为1982年杨开慧故居翻修时发现。

2. 1927年八七会议一结束，毛泽东即让杨开慧带着孩子回板仓老家，毛泽东那时正患有足疾，之后毛泽东在井冈山建立革命根据地，与杨开慧联络困难。1929年1月，杨开明带来毛泽东的消息，杨开慧得知后，长夜难眠，写下了此诗。

杨匏安

杨匏安（1896—1931），广东香山人。中国共产党早期优秀的理论家和革命活动家，笔名匏庵、王洪一等。1921年加入中国共产党。1927年出席中国共产党第五次全国代表大会，当选为中共中央监察委员。1929年编译了20多万字的《西洋史要》，是我国第一部用唯物史观叙述国际共产主义运动历史的著作。1931年7月被国民党反动派逮捕，同年8月，在上海龙华警务司令部英勇牺牲。

十一月既望泊舟星架坡港[1]

故乡回首战云深，漏刃[2]投荒万里临。
余日可消行坐卧，感怀休问去来今。
江南有梦迷蛮瘴，海外何人辨雅音[3]？
自笑身闲心独苦，当头皓月伴微吟。

杨匏安著：《杨匏安文集》，北京：中央文献出版社，1996年版，第207页。

【注释】
1. 此诗为杨匏安在大革命失败后在新加坡寄赠给妹夫霍志鹏的。既望：指农历十六日。星架坡：即新加坡。
2. 漏刃：指本应受到诛杀而幸免。
3. 雅音：一般指古代中原雅音，即雅言，就是我国最早的古代通用语，相当于现在的普通话。

狱中诗[1]

慷慨登车去，临难节独全。
余生无足恋，大敌正当前。
投止穷张俭，迟行笑褚渊。[2]
者番成永别，相视莫潸然。

杨匏安著：《杨匏安文集》，北京：中央文献出版社，1996年版，第208页。

【注释】

1. 1931年杨匏安不幸被捕，就义前他写了此诗以示狱中难友，勉励难友坚持斗争。
2. 张俭：东汉人，被人诬告而遭朝廷追捕，逃亡中，许多人不顾自身安危而接纳张俭。褚渊：南朝时人。宋明帝临终，封他为中书令，使其与袁粲共理国事，褚渊却叛国投齐，受世人唾骂，此处代指叛徒。

姚伯壎

姚伯壎（1909—1930），湖南醴陵人。1926年加入中国共产党。1930年春，调到上海党中央机关工作。10月，去武汉轮渡码头执行任务时，因叛徒告密被捕。敌人刑讯利诱，但他始终坚贞不屈。同年12月，遭敌煤油浇体，惨遭火焚。

离 愁

三稔[1]离愁为甚因，青山红泪[2]两销魂。
堪嗟大地多荆棘，愿借犁锄一扫空。

萧三主编：《革命烈士诗抄》，北京：中国青年出版社，2015年版，第327页。

【注释】

1. 三稔：三年。
2. 红泪：王嘉《拾遗记·魏》："文帝所爱美人，姓薛名灵芸，常山人也……灵芸闻别父母，嘘唏累日，泪下沾衣。至升车就路之时，以玉唾壶承泪，壶则红色。既发常山，及至京师，壶中泪凝如血。"后以"红泪"称美人泪。

叶剑英

叶剑英（1897—1986），广东梅县人。无产阶级革命家、政治家、军事家。中华人民共和国成立后，历任中央人民政府委员会委员、广东省人民政府主席、中央人民政府人民革命军事委员会副主席、中共中央军委副主席、全国人大常委会委员长等职。1986年10月22日因病在北京逝世，享年89岁。

雨夜衔杯

雨撼高楼醉不成，纵横豪气酒边生。
会将剑匣拼孤注，又向毫锥汩绮情。[1]
入世始知身泛泛，结交俦侣[2]尚平平。
愁多无计寻排遣，澎湃声传鼓二更。

叶剑英著：《叶剑英诗词选集》，北京：人民文学出版社，1991年版，第6页。

【注释】
1. 毫锥：指毛笔。汩：泉水涌出。
2. 俦侣：伴侣，朋友。

满江红·香洲烈士[1]

香洲兵变死难同事凡二十五人，多剑之良朋益友也。剑为之营葬于狮山[2]，工竣乃联合各界开会追悼之。时民国十四年（1925）十月三日也。剑念河山依旧，人事全非，有不禁怆然泪下者。悲痛之余，词以悼之。

镇海狮山，突兀处，英雄埋骨。曾记得，谈兵虎帐，三春眉月。夜半枪声连角起，繁英飘尽风流歇。到而今堕泪忍成碑，肝肠裂。

革命史,人湮没;革命党,当流血。看槭枪满地,剪除军阀。革命功成阶级灭,牺牲堂上悲白发。更方期孤育老能养,酬忠烈。

叶剑英著:《叶剑英诗词选集》,北京:人民文学出版社,1991年版,第17页。

【注释】

1. 1925年春,叶剑英时任建国粤军第二师参谋长,随军东征,后闻留守军中的一小撮反革命分子乘机煽动兵变,25位军官战士惨遭杀害,立即返回广东珠海香洲驻地,严处首犯,作此诗词以追怀烈士。1963年作者重录此诗词时添加了词题"香洲烈士"。

2. 狮山:位于广东省佛山市南海区中部。

殷夫

殷夫（1910—1931），原名徐白，又名白莽，殷夫则是他较为常用的笔名。浙江象山人。1927年秋，加入中国共产党。1930年参加中国左翼作家联盟，并任团中央刊物《列宁青年》编辑。1931年1月被国民党反动派秘密逮捕，2月7日被害。被誉为"历史的长子""时代的尖刺"。

血 字[1]

血液写成的大字，
斜斜地躺在南京路，[2]
这个难忘的日子——
润饰着一年一度……

血液写成的大字，
刻画着千万声的高呼，
这个难忘的日子——
几万个心灵暴怒……

血液写成的大字，
记录着冲突的经过，
这个难忘的日子——
狞笑着几多叛徒……

"五卅"哟！
立起来，在南京路走！
把你血的光芒射到天的尽头，
把你刚强的姿态投映到黄浦江口，
把你的洪钟般的预言震动宇宙！

今日他们的天堂，

他日他们的地狱，

今日我们的血液写成字，

异日他们的泪水可入浴。

我是一个叛乱的开始，

我也是历史的长子，

我是海燕，

我是时代的尖刺。

"五"要成为报复的枷子，

"卅"要成为囚禁仇敌的铁栅；

"五"要分成镰刀和铁锤，

"卅"要成为断铐和炮弹！……

四年的血液润饰够了，

两个血字不该再放光辉，

千万的心音够坚决了，

这个日子应该即刻销毁！

殷夫著：《殷夫诗文选集》，北京：人民文学出版社，1954年版，第88页。

【注释】

1. 此诗作于1929年五卅运动四周年前夕，是殷夫流传较广的一首诗。诗人以一个革命者的激情喊出"我是一个叛乱的开始，我也是历史的长子，我是海燕，我是时代的尖刺"，极具煽动力。

2. 1925年5月30日，上海学生两千余人在租界内散发传单，发表演说，抗议日本纱厂资本家镇压工人大罢工、打死工人顾正红，声援工人，并号召收回租界，被英国巡捕逮捕100余人。下午上万群众聚集在英租界南京路老闸巡捕房门首，要求释放被捕学生，高呼"打倒帝国主义"等口号。英国巡捕竟开枪射击，当场打死13人，重伤数十人，逮捕150余人，造成震惊中外的五卅惨案。

啊，我们踯躅于黑暗的丛林里[1]
（1928年6月）

啊，我们踯躅于黑暗的，黑暗的丛林里，
毒藤绕缠着脚胫，荆棘刺痛了手臂！
啊，我们手牵着手，肩并着肩，
踯躅着，踯躅着在这黑暗的丛林里。

在这儿，无边，无穷的黑暗，黑暗，
把我们重重地，重重地包围，包围。
我们看不见美丽的灿烂的星海，
我们看不见温热的太阳的光辉。

多液的毒藤蔓延着，蔓延着在路旁，
带刺的花朵放出可怕的麻醉的浓香，
古怪的灌木挂着黝青色的细叶，
开放着妖魔的死的光芒的黑色牡丹！

这儿有刺人灵魂的怪鸟的狂鸣，
也有最大最毒的蟒蝎荡着怕人的呻吟，
绿的眼睛红的舌尖，这黑暗中也看得分明；
但是，没有天上的音乐，也没有地球的歌声！

我们是受饥饿，寒冷所压迫的一群，
苦痛和愤恨像蚕一般地吞噬着我们的心灵，
我们没有欢乐和幸福，也没有叹声，
我们只是手牵着手，肩并着肩，踯躅前进！

我们肩并着肩，让冷风吹着我们的赤身，
我们手牵着手，互相传送着同情和微温，
我们带着破碎的心灵和痛苦的命运，
忍耐着，忍耐着，一起地踯躅前进！

啊，我们踯躅于黑暗的黑暗的丛林里，
痛苦像小虫般地吃噬着我们肉体，
饥寒像尖刀般地刮刺着我们肌肤，
然而我们的心哟，愤怒的炬火已经烧起！

在我们的心里，愤怒的炬火已经燃起，
反抗的热焰已经激动，激动了我们的血液，
我们手牵着手，肩并着肩，把脚步整齐，
向前走去，冲去，喷着愤怒的火气！

啊，我们踯躅于黑暗的黑暗的丛林里，
世界大同的火灾已经被我们煽起，煽起，
我们手牵着手，肩并着肩，喷着怒气……
在火中我们看见了天上的红霞，旖旎[2]！

洪子诚、程光炜主编：《中国新诗百年大典》（第5卷），武汉：长江文艺出版社，2013年版，第317页。

【注释】
1. 全诗音韵铿锵，旋律高昂，是殷夫红色鼓动诗的典型。
2. 旖旎：柔美、婀娜多姿的样子。

别了,哥哥[1]
——算作是向一个 Class[2] 的告别词吧!
(1929 年 4 月 12 日)

别了,我最亲爱的哥哥 K,
你的来函促成了我的决心,
恨的是不能握一握最后的手,
再独立地向前途踏进。

二十年来手足的爱和怜,
二十年来的保护和抚养,
请在这最后的一滴泪水里,
收回吧,作为噩梦一场。
你诚意的教导使我感激,
你牺牲的培植使我钦佩,
但这不能留住我不向你告别,
我不能不向别方转变。

在你的一方,哟,哥哥,
有的是,安逸、功业和名号,
是治者们荣赏的爵禄,
或是薄纸糊成的高帽。[3]

只要我,答应一声说,
"我进去听指示的圈套",
我很容易能够获得一切,
从名号直至纸帽。

但你的弟弟现在饥渴，
饥渴着的是永久的真理，

不要荣誉，不要功建，
只望向真理的王国进礼。

因此机械的悲鸣扰了他的美梦，
因此劳苦群众的呼号震动心灵，
因此他尽日尽夜地忧愁。
想做个 Prometheus[4] 偷给人间以光明。

真理和愤怒使他强硬，
他再不怕天帝的咆哮。
他要牺牲去他的生命，
更不要那纸糊的高帽。

这，就是你弟弟的前途，
这前途满站着危崖荆棘，
又有的是黑的死，和白的骨，
又有的是砭人肌筋的冰雹风雪。

但他决心要踏上前去，
真理的伟光在地平线下闪照，
死的恐怖都辟易远退，
热的心火会把冰雪融消。

别了，哥哥，别了，
此后各走自前途，
再见的机会是在，
当我们和你隶属着的阶级交了战火。

公木主编：《新诗鉴赏辞典》，上海：上海辞书出版社，1991年版，第275页。

【注释】

1. 殷夫创作此诗时年仅20岁，但他已经经历了两次被捕，从此诗字里行间我们可以看出诗人坚定的革命信念。

2. Class，英语，即"阶级"。

3. 殷夫的大哥徐培根后为国民党高级将领，三哥徐文达后为国民党军队的军官。

4. Prometheus：古希腊神话中的人物，即普罗米修斯。神话中，人间本无火，普罗米修斯为了让人类过上温暖的生活，不惜承受众神之父宙斯的惩罚，将火种送给了人类。

恽代英

恽代英（1895—1931），湖北武昌人。1920年与萧楚女等人发起组织中国社会主义青年团，次年加入中国共产党。1923年参加中国社会主义青年团中央领导工作，曾担任团中央宣传部部长，主编《中国青年》。1929年被调到中共中央宣传部任秘书。1930年5月6日在上海被国民党反动派逮捕，1931年在南京狱中遭杀害。

无 题

每作伤心语，狂书字尽斜。
杜鹃空有泪，[1] 鸿雁已无家。
浩劫悲猿鹤，荒村绝稻麻。
转旋男儿事，吾党岂匏瓜[2]？

何云春主编：《中华红诗精选》（珍藏版），北京：线装书局，2013年版，第70页。

【注释】

1. 杜鹃空有泪：此处用"杜鹃啼血"典故，春夏季节，杜鹃彻夜不停啼鸣，声音悲戚，因杜鹃口腔上皮和舌部都为红色，被人误以为它啼得满嘴流血。
2. 匏瓜：《论语·阳货》："吾岂匏瓜也哉？焉能系而不食。"后用以比喻有才能的人却不为世所用。

狱中诗[1]

浪迹江湖忆旧游，故人生死各千秋，
已摈忧患寻常事，留得豪情做楚囚[2]。

何云春主编：《中华红诗精选》（珍藏版），北京：线装书局，2013年版，第70页。

【注释】

1. 1931年4月25日，顾顺章被捕，出卖恽代英，恽代英被捕后在狱中作此诗。
2. 楚囚：本指春秋时被俘到晋国的楚国人钟仪，后用来借指被囚禁的人。

张爱萍

张爱萍（1910—2003），四川达县人。中国人民解放军高级将领。1926年加入中国共产主义青年团。1928年加入中国共产党。1955年被授予上将军衔，1988年被授予一级红星功勋荣誉章。中华人民共和国成立后曾任华东军区参谋长、国务院副总理等职，同时还担任过全国人大常委会委员等职务。

翻夹金山[1]
（1935年6月）

欢呼红一、四方面军一九三五年六月十二日于达维镇会师。

夹金六月犹飞雪，红军渡泸从头越。
夜宿南麓孤月升，晨攀北峰冷日斜。
银海茫茫鸟兽绝，寒风凛凛休停歇。
狂喜两军巧会师，欢声雷动天地裂。

张爱萍著：《神剑之歌——张爱萍诗词、书法、摄影选集》，北京：人民美术出版社，1991年版，第31页。

【注释】

1. 夹金山：位于四川省雅安市宝兴县境内，是中国工农红军二万五千里长征翻越的第一座大雪山。

过草地
（1935年8月20日）

绿原无垠漫风烟，蓬蒿没膝步泥潭。
野菜水煮果腹暖，干草火烧驱夜寒。
坐地随意堪露宿，卧看行云逐浪翻。
帐月席茵刀枪枕，谈笑低吟道明天。

张爱萍著：《神剑之歌——张爱萍诗词、书法、摄影选集》，北京：人民美术出版社，1991年版，第32页。

张锦辉

张锦辉（1915—1930），福建永定人。1929年5月，参加溪南区苏维埃政府宣传队，通过唱歌做宣传鼓动工作，成为宣传队的排头兵。1930年初加入中国共产主义青年团。1930年4月，随苏维埃政府宣传队前往西洋坪村开展工作，不幸被捕牺牲，在赴刑场时创作《就义诗》。中华人民共和国成立后，共青团中央把她列为全国十大少年英雄之一。

就义诗[1]
（1930年）

唔怕死来唔[2]怕生，天大事情妹敢当；
一心革命为穷人，阿妹敢去上刀山。

打起红旗呼呼响，工农红军有力量；
共产党万年走天下，反动派总是不久长。

穷苦工农并士兵，希望大家要齐心；
打倒军阀国民党，何愁天下唔太平。

雍桂良主编：《中华爱国诗词大典》，长春：时代文艺出版社，1991年版，第592页。

【注释】
1. 此诗是张锦辉就义前所作，就义时她年仅15岁。
2. 唔：方言，义同"不"。

张闻天

张闻天（1900—1976），曾化名洛甫，笔名歌特。江苏南汇（今属上海）人。1925年加入中国共产党。1931年任中共中央宣传部部长。同年6月，被选为临时中央政治局常委。1938年以后，任中共中央书记处书记兼中央宣传部部长等要职。"文革"中受尽迫害，于1976年7月1日含冤病逝。

心碎（节选）
（1920年）

一

我看了他，
我又看她；
他面上现出了无限冗忙，
她面上现出了无限悲抗，
还是冗忙，
还是悲抗，
灵魂安闲吗？
精神快乐吗？
朋友！
请问你哪一种是幸福？
哪一种是和谐？
幸福、和谐，
他们都享到吗？
光明的世界，
明媚的风光，
等着他又等着她。
到底他为什么冗忙？
她为什么悲抗？
唉！这冗忙，这悲抗，
使我心酸使我魂荡。

冗忙呀!
悲抗呀!
光明在哪儿?
明媚在哪儿?

二

他是这般聪明,
她是这般纯洁。
他的聪明消磨在无限冗忙,
她的纯洁埋没在无限悲抗。
光明的世界,
明媚的风光,
轻轻地飞过去了。
世界上只有冗忙,
只有悲抗,
重重叠叠地存留着。
存留着,
不打紧;
可是他的聪明,
她的纯洁,
不知到什么地方去了。

三

那小铁店里的男儿,
那丝厂里的女子;
他生时何尝不眉清目秀,
她生时何尝不明眸皓齿。
唉!
黑漆的面庞,
谁说是当初的他?
憔悴的容颜,
谁说是儿时的她?
青梅啊!

竹马啊!
我晓得他与她想起了你,
欲哭定还休,
泪吗?
血吗?
是说不出的无限的心碎。

四

机器的声音,
伴着那无限的心碎的静的声,
互相唏嘘。
世界上的一切,
这样就算完了吗?
唉!
痛苦忧愁的悲剧,
都在这大舞台上表演,
这样也就算完了么?
肥大的实业家,
住大洋房坐汽车;
自命的教育家,
到处吹牛;
青年的学生,
狂叫狂喊;
都算完了吗?

哦,那是他,
那是她。
他把脖子伸长着,
她把明眼拼命望着,
他的痛苦是谁的痛苦?
她的忧愁是谁的忧愁?

朋友！
你应该怎样？
让他去吗？
救他吗？
你应该怎样？
世界上的人类呀！
要救他吗？
你们应该怎样？

张闻天著：《张闻天早年文学作品选》，北京：人民文学出版社，1983年版，第243页。此诗初发表于1920年6月18日《民国日报》副刊《觉悟》。

西湖滨的早晨[1]

（1921年）

西湖的真面目，
都被这白茫茫的面幕遮住了。
但是——这有什么要紧呢？
我将闭了我的眼睛，
不看她的面目，
我将用我的心，
默数她的声息。
猛烈的太阳出了，
他猛力地把这面幕揭了，
她这无限的娇羞，
把我也惊呆了！

秦建华主编：《老一辈革命家诗词鉴赏词典》，太原：山西人民出版社，2009年版，第235页。此诗初发表于1921年7月10日《民国日报》副刊《觉悟》。

【注释】

1. 张闻天作此诗时刚从日本回国不久，时年 21 岁。

法朗克的舞蹈[1]

在那幽暗的淡绿色的电光底下，
在那荡漾的流动的四弦琴的声音之中，
轻纱像梦一样地飘浮着，
白臂无力地颤动着，
更笼罩着那梦幻一样的忧愁之雾！
那微细的易于出血的我的灵魂，
毫不抵抗地架起那空想之翼，
追随了这复合的神秘之流动，
到了一个忧愁所不知痛苦所不解的海岛！
拂拂的南风，
木香棚上盛开着的木香花[2]，
远地里唱着恋歌的小鸟，
还有那在空幻之网上飞舞着的，
因了无力而贪求着睡眠的法朗克啊！
觉醒了现实而悲哀的我啊！

秦建华主编：《老一辈革命家诗词鉴赏词典》，太原：山西人民出版社，2009 年版，第 236 页。此诗初发表于 1922 年 6 月 19 日《民国日报》副刊《觉悟》。

【注释】

1. 法朗克：又译作"法兰克"，公元 5 世纪末至 10 世纪末由日耳曼法兰克人在西欧建立的封建王国。法兰克人是日耳曼人中一支强大的部落。
2. 木香花：攀缘小灌木。

赵一曼

赵一曼（1905—1936），原名李坤泰，又名李一超。四川宜宾人。1923年加入中国社会主义青年团。1926年加入中国共产党。1927年去苏联学习。1934年后，任中共珠河中心县委委员兼铁北区委书记，后任东北抗日联军第三军第二团政治委员。1936年7月，在与日本侵略军作战中负伤被俘，在狱中坚贞不屈。同年8月2日在珠河（今黑龙江省尚志市）被杀害。

滨江述怀[1]

誓志为国不为家，涉江渡海走天涯。
男儿岂是全都好，女子缘何分外差？
一世忠贞兴故国，满腔热血沃中华。
白山黑水除敌寇，笑看旌旗红似花。

刘德隆、刘瑀编著：《新中国的先声——中国无产阶级革命先驱诗存》，长春：吉林出版社，2009年版，第186页。

【注释】

1. 赵一曼被捕后在狱中写下此诗。抗战结束后，负责刑讯赵一曼的日本官员大野泰治在战犯管理所交出此诗时，泪流满面，跪地忏悔。滨江：哈尔滨市旧称。

赵伊坪

赵伊坪（1910—1939），河南郾城人。1925 年加入中国共产主义青年团。1929 年春加入中国共产党。1939 年 3 月 5 日率部转移中不幸被俘。日军用尽酷刑百般折磨，他始终英勇不屈。后被日军绑在一棵大槐树下，在烈火中英勇就义。

这死亡紧贴在我们身上[1]

我抱着一颗惨寂的，惨寂的心，
投入这沉痛的，沉痛的青年之群。
我们忘却了一切，忘却了一切的，
追悼这苍茫独立的巨人[2]。

我们的巨人倔强地离开了人世，
不求人谅解的也不宽恕别人。
就在弥留的一瞬——
1936 年 10 月 19 日上午 5 时 25 分。

这死亡不同于一个平常的死亡，
这死亡紧贴在我们身上。
我们觉得他有着无穷无尽的生命，
因为他有着过多的青年的热情。
这不同于一个平常的死亡，
这死亡紧贴在我们身上。
当人群还是多么卑怯、阴毒、自私……
我们正需要着这样的斗士。

这不同于一个平常的死亡，
这死亡紧贴在我们身上。
他一生是一场不歇的鏖战，

向着哥萨克、奸细、各朝各代的帝王。

他看见赵家的狗，
看见青面獠牙的笑，
看见胜利的阿 Q，
看见疯狂的枪炮。

他是冷静、冷静，第三个冷静，
一切欺骗恐吓都没有用，
他不信你应许给的事物，
善恶、真伪他第一个看得分明。

这绝不是，绝不是一个平常的死亡，
这死亡紧贴在我们身上。
他嘲骂了这人世，
也喊出了强烈的希望。

他是一直迈着步，迈着步，
从不肯停留片刻。
他清算了这吃人的历史，
要救世世代代的孩子。

他是智慧、勇敢、善良的化身，
像高尔基一样地做了贫民大众的友人。
他护导着这新兴的势力，
教养了千千万万的人群。

我们怀着神圣的哀痛、爱惜，
在我们身上筑起瑰丽的坟茔。

这绝不是，绝不是一个平常的死亡，
这死亡紧贴在千千万万人的心上。

赵伊坪：《这死亡紧贴在我们身上》，载1936年《群鸥》杂志创刊号。

【注释】

1. 1936年10月19日，鲁迅先生病逝，作者写此诗以示悼念。

2. 指鲁迅先生。

赵祚传

赵祚传（1903—1929），云南大姚人。1922年，赵祚传倡导组织"大姚旅省学生励志会"，并创办《大姚学生》会刊。1926年秋，加入中国共产党。1927年3月任中共云南省特委委员，分管组织工作。1928年任省特委书记。他奉命于危难之中，以大无畏的精神领导地下党坚持斗争。1929年3月29日，在大姚县城东门外英勇就义，时年26岁。

狱中思母[1]

楚囚无辜恨难平，
革命奋斗只为民。
寄语慈母宽自慰，
日落西山莫倚门。

中共云南省委党史资料征集委员会编：《赵祚传烈士》，昆明：云南民族出版社，1987年版，第49页。

【注释】
1. 1929年，赵祚传被捕入狱，在狱中作此诗。

狱中感闻

罗网投身苦不支，鸿鹄失志隐身时，
纵欲乘风破浪去，恨无羽翼足系丝[1]。
凄然闷坐若无神，鸣和或语似有情，
无聊试作飞飞想，翱翔之霄乐春城。
幽禁城垣僻静处，日夜不闻丝竹声。
其间旦暮闻何物？镣响兮铮铮，
狼吠兮猗猗，鼾呼叹息兼相听！

中共云南省委党史资料征集委员会编：《赵祚传烈士》，昆明：云南民族出版社，1987年版，第52页。

【注释】
1. 足系丝：作者在狱中为脚镣所束。

周保中

周保中（1902—1964），白族，云南大理人。1927年加入中国共产党，次年被派往苏联学习。九一八事变后回国，被派往东北参加领导抗日斗争。中华人民共和国成立后任云南省人民政府副主席、西南行政委员会政法委员会主任、国防委员会委员等职。1964年2月因病逝世。

怀 想
（1936年8月）

少年时的好梦多多，
少年时的幻想和希望是无穷啊！
好的不愿就便消受，
美的留待后日，
恐怕暴殄太早，
恐怕靳[1]丧夭伤将来无穷的美妙。
鼓舞，
淬砺，
总觉得一生的时光无限地长着，
谁知道光是一支善飞的妖魔，
一秒钟一秒钟从身旁掠过，
俏丽的姑娘倏忽成了蹩脚老婆婆。
花开花榭，
风起支落，
景物色象不断地递嬗化蜕，
连尘埃也不会在那里丝毫固着。
你虽然知道很多，
会说又会做，
毕竟与你少年的甜蜜的梦不符合，
哪里再去寻找少年时美妙的天真的线索啊？！

一切中是我违反了别个人，
一切只是人们违反了我。
尽人是这样在时代和历史的舞台蠕动和悲啸着，
谁又能够纯独地跳跃摆脱？
只有在历史与社会天翻地覆的改造过以后，
到那时的时光和想象也许能够，肯定能够，
希望人类的真正解脱……

周保中著：《周保中文选》，北京：解放军出版社，2015年版，第246页。

【注释】
1. 靳：套在辕马胸部的皮革，也代称辕马。

夜　歌
——记古城镇北沟日寇守备阵地袭击
（1936年9月3日）

紧急传令，四方八面步骑兵奔来会合，
狂飙乍起，乌云遮盖了天上星河。
大地漆黑，寇贼入穴，狗兵进窝，
有光景消灭敌人真难。
喏，时机不可放过，何况士气高昂难驳回。
出机智，轻巧动作，
手挽手，脚顶脚，
结成条条锁链，千难万难地往前摸，
迫近寇巢狗窝，深沟高垒被突破；
几阵阵雨张网罗，纵然倭贼逞顽强，
一个个小鬼见阎王，好像扑火灯蛾。
这一场猛勇奇袭的经过，
唱起来是一支胜利凯歌。

周保中著：《周保中文选》，北京：解放军出版社，2015年版，第248页。

周恩来

周恩来（1898—1976），江苏淮安人。伟大的马克思主义者，伟大的无产阶级革命家、政治家、军事家、外交家，党和国家主要领导人之一，中国人民解放军主要创建人之一，中华人民共和国的开国元勋，是以毛泽东同志为核心的党的第一代中央领导集体的重要成员。1920年至1924年赴法国和德国勤工俭学，发起组织旅欧中国少年共产党。1922年转入中国共产党。1927年领导上海工人第三次武装起义获得胜利；8月领导发动南昌起义。1936年12月任中共全权代表去西安，在中央和平解决西安事变方针指导下，同爱国将领张学良、杨虎城一起迫使蒋介石接受"停止内战，一致抗日"的主张，促成国共合作、团结抗日的新局面。1948年9月，参加领导和指挥了辽沈、平津、淮海三大战役。中华人民共和国成立后，历任政府总理、外交部长（兼任），中共中央军委副主席，第一届全国政协副主席，第二、三、四届主席。1976年1月8日在北京逝世。主要著作编入《周恩来选集》。

春日偶成[1]

其一

极目青郊外，烟霾布正浓。
中原方逐鹿，博浪踵相踪。[2]

其二

樱花红陌上，柳叶绿池边。
燕子声声里，相思又一年。

中央文献研究室编：《周恩来青年时代诗集》，北京：中央文献出版社，2008年版，第1页。

【注释】

1. 此诗作于 1914 年，周恩来时年 16 岁。
2. 鹿：喻指帝位，后用"逐鹿"指争夺天下。博浪：地名，即博浪沙，张良曾指挥大力士杀手埋伏于博浪沙刺杀秦始皇未成。

大江歌罢掉头东[1]

大江歌罢掉头东，邃密群科济世穷。[2]
面壁十年图破壁，难酬蹈海亦英雄。[3]

中央文献研究室编：《周恩来青年时代诗集》，北京：中央文献出版社，2008 年版，第 13 页。

【注释】

1. 此诗作于 1917 年，19 岁的周恩来从天津南开中学毕业，后决定东渡日本求学，作此诗以示决心。
2. 邃密：精深周密。邃密群科：深入细致地研究多门科学。
3. 面壁：面对着墙壁默望静修。蹈海：投海殉国。

生别死离[1]

壮烈的死，
苟且的生。
贪生怕死，
何如重死轻生！
生别死离，
最是难堪事。
别了，牵肠挂肚；
死了，毫无轻重，
何如做个感人的永别！

没有耕耘，
哪来收获？
没播革命的种子，
却盼共产花开！
梦想那赤色的旗儿飞扬，
却不用血来染它，
天下哪有这类便宜事？
坐着谈，
何如起来行！
贪生的人，
也悲伤别离，
也随着死生，
只是他们却识不透这感人的永别，
永别的感人。
不用希望人家了，
生死的路，
已放在各人前边，
飞向光明，
尽由着你！
举起那黑铁的锄儿，
开辟那未耕耘的土地。
种子撒在人间，
血儿滴在地下。
本是别离的，
以后更会永别！
生死参透了，
努力为生，

　　　　还要努力为死，

　　　　　便永别了，又算什么？

　　中央文献研究室编：《周恩来青年时代诗集》，北京：中央文献出版社，2008年版，第42页。

【注释】

　　1. 此诗作于1922年，刊载于1923年4月15日天津《新民意报》副刊《觉邮》。此诗是周恩来在德国为悼念黄爱烈士所写。诗前有小序如下："一月前在法兰西接到武陵来信，他抄示我们离北京时在京汉车中所作的《别的疑问》诗，当时读完后怀旧之感颇深。本月初来德，得逸豪信，因念强死事论到生别死离。继读石久给奈因信，谈点似是而非的资本万能。最后又看到施山给念吾的信，知道黄君正品因长沙纱厂工人罢工事，遭了赵恒惕同资本家的诱杀。一时百感交集，更念及当时的同志，遂作此篇，用表吾意所向，兼示诸友。"

周立波

周立波（1908—1979），湖南益阳人。1934年加入"左联"，同年加入中国共产党。曾任延安鲁艺教师、《解放日报》文艺副刊副主编、中共松江省委宣传部宣传处长、沈阳鲁艺研究室主任、《人民文学》编委、湖南省文联主席等职。著有《苏联札记》《铁水奔流》《山乡巨变》《暴风骤雨》等。

"饮马长城窟"[1]
（1936年4月）

"饮马长城窟"，[2]
我还记得这古时代的名歌。

但于今
长城何在？
把多少汉瓦秦砖，
无端抛弃，
在百代英雄征战的圣地，
竖起降旗，
"堂堂华胄"[3]
沦为奴隶！

但奴隶有醒的。
看吧，
人已经引征骑北上，
他们的旗帜，
耀目地，
翻展在金色的阳光里，
旗上的字，
外面是

"还我江山!"
里面是
"不为奴隶!"
听各地的人声啊,
海涛般地在应和了:
"还我江山!"
"不为奴隶!"

"饮马长城窟",
我曾记得这古时代的名歌,
到于今
它已经有了新的意义。

周立波著:《周立波选集》(第4卷),长沙:湖南人民出版社,1983年版,第235页。

【注释】

1. 该诗首刊于1936年6月1日上海《文学》月刊第6卷第6号。
2. "饮马长城窟"是汉乐府古题。相传古长城边有水窟,可供饮马,曲名由此而来。
3. 华胄:华夏族的后裔,指汉族。

牵引你的[1]

"牵引你的,
是南山十月的山茶花,
是母亲想念儿子的流湿了皱纹的眼泪?
是夜深寂寞时的遥远的琴音,
是友情的回忆?
是荒野之中谁家残落的残花,
是初吻之后的恋人的低泣?"

"不是。"
"那么是古史的神奇,
是隐没了声名的英雄的遗迹?
是星的神秘,
是太阳的力?"
"不是,
都不是。"
"那么是海么?
是那横也滔滔,
直也滔滔,
水色混天容,
波声动天地的海么?"
"也不是。"
"那么是风,
是那大自然的翅翼,
飞扑到天边,
飞扑到荒海高山的风吧?"
"也不是。
牵引我的,
是销息了多年的
家乡的一九二七。[2]
啊,一九二七,
你自由的花蒂!
我问你,
你几时再,
当这德国式的铐子已经紧得不能再紧时,
你几时再用你的花苞和花影,
掩尽那盈满家乡的苦难和眼泪?

'而暴君和奴隶，

像是夜的阴影

为晨曦的先导。'[3]

诗人的话，

可是真的?"

周立波著：《周立波选集》（第4卷），长沙：湖南人民出版社，1983年版，第237页。

【注释】

1. 此诗首刊于1936年12月11日上海《申报·文艺专刊》。
2. 指1927年的大革命。
3. 雪莱的诗句。

周逸群

周逸群（1896—1931），贵州铜仁人。1924年在上海加入中国共产党，后入黄埔军校第二期。其间，与蒋先云等成立秘密革命团体"火星社"。1926年参加北伐战争，在国民革命军贺龙部任师、军政治部主任，是湘鄂西红军和苏区创建人。1931年5月，遭国民党反动派伏击，不幸牺牲，时年35岁。

工农团结歌[1]

工农，世界主人翁，
我们的血汗，几乎要流尽。
衣与食，住与行，我们所造成。
权位与幸福，倒归寄生虫。
世界创造者，反做穷罪人。
封建制度，资本主义，一律要铲平。
高举鲜红旗，强与做斗争。
资本家，地主们，我们对头人。
苏维埃政权，从此就实现。
工厂归工友，土地归农民。
工农团结，民主共和，革命大功成。

解放军红叶诗社选编：《星火燎原诗词选萃》，北京：解放军文艺出版社，2007年版，第79页。

【注释】

1. 此诗作于1928年，周逸群时为湘西北特委书记。

诗一首[1]

废书学剑走羊城，只为黎元苦匪兵。[2]
斩伐相争廿四史，岂无白刃可亡秦?!

解放军红叶诗社选编：《星火燎原诗词选萃》，北京：解放军文艺出版社，2007年版，第78页。

【注释】

1. 此诗作于1924年10月，周逸群刚入党不久便决心投笔从戎，进入黄埔军校第二期。

2. 羊城：广州。黎元：老百姓。

朱 德

朱德（1886—1976），字玉阶，四川仪陇人。伟大的马克思主义者，伟大的无产阶级革命家、政治家和军事家，中国人民解放军的主要缔造者之一，中华人民共和国的开国元勋，中华人民共和国十大元帅之首，是以毛泽东同志为核心的党的第一代中央领导集体的重要成员。抗日战争时期，任国民革命军第八路军总指挥，第十八集团军总司令，中共中央军委委员、副主席，中共中央军委前方分会（后称华北分会）委员、书记。中华人民共和国成立后，历任中国人民解放军总司令、中央人民政府副主席、中共中央军委副主席、中华人民共和国副主席、全国人大常委会委员长、中共中央纪律检查委员会书记等职。

古宋香山书怀[1]

己饥己溺[2]是吾忧，总计心怀几度秋。
铁柱幸胜家国任，铜驼任作棘荆游。
千年朽索常虞坠，一息承肩总未休。
物色风尘谁做主，请看砥柱正中流。

朱德著：《朱德诗词选》，北京：人民文学出版社，1986年版，第1页。

【注释】

1. 此诗作于1916年5月。古宋：地名，今属四川省叙永县。
2. 己饥己溺：别人挨饿、落水就像自己挨饿、落水一样。

感时五首用杜甫《诸将》诗韵[1]（选二）

一

中华灵气在仑山，威势飞扬镇远关。
史秽推翻光史册，人权再铸重人间。
千秋汉业同天永，五色旌旗[2]映日殷。
多少英才一时见，诸君爱国应开颜。

二

伟人心事在争城，扰攘频年动汉旌。
久受飞灾[3]怜百姓，长经苦战叹佳兵。
欣闻北地同时靖，默祝中原早日清。
独抱杞忧安社稷，矢心为国睹升平。

朱德著：《朱德诗词选》，北京：人民文学出版社，1986年版，第3页。

【注释】
1. 此组诗作于1919年前后，用韵严整，对仗工稳，题旨正大，足见作者赤子之心。
2. 五色旌旗：中华民国国旗，启用于1912年1月10日，是中华民国第一面法定国旗。旗面按顺序为红、黄、蓝、白、黑的五色横条，分别表示汉、满、蒙古、回、藏五族共和。
3. 飞灾：指意外的灾难。

秋兴八首用杜甫原韵[1]（选三）

一

飒飒秋风动上林[2]，神州大陆气森森。
空间航艇如星布，海外烽烟蔽日阴。
国体造成机械体，天心佑启自由心。
征衣欲寄天涯远，思妇何须急暮砧。

343

二

传遍军书雁字斜,誓拼铁血铸中华。

悲秋客忆重阳节,起义师乘八月槎[3]。

燕地荡平鞭索虏,神州开辟种黄花。

秋光未尽烽烟尽,鼓角声中半是笳[4]。

三

重光祖国借余晖,万众同心用力微。

氇幕[5]腥膻终寂寞,汉家子弟尽雄飞。

喜当年富兼身壮,时正秋高又马肥。

戎马少年半同学,倾心为国志无违。

朱德著:《朱德诗词选》,北京:人民文学出版社,1986年版,第11页。

【注释】

1. 此组诗作于1919年前后。此组诗雄浑厚重,能看出朱德元帅早年的雄心壮志。
2. 上林:即上林苑,秦汉时期的皇家园林,此处代指北京。
3. 槎:木筏。
4. 笳:中国古代北方民族的一种乐器,类似笛子。
5. 氇幕:毡帐。

邹 努

邹努（1902—1927），江西新干人。1923年加入中国社会主义青年团。1924年加入中国共产党，同年任中共江西支部委员、国民党江西省临时党部青年部长，在江西从事学生运动和工农运动，负责编辑和出版《江西青年》《南昌学生》等进步刊物。1927年6月到武汉，7月被国民党汪精卫集团逮捕，不久在武汉就义。

歌 谣[1]

咱们的国家，
物博地又大，
人口多兮哪。
你说你的话，
我说我的话，
大家说的话，
大家听得懂。
喂，四万万同胞，
都来改用中国话。
大家说的话，
大家听得懂，
唤起民众呀，
世界庆大同。

危仁晸主编：《江西革命烈士诗词选》，南昌：江西人民出版社，1991年版，第19页。

【注释】

1. 1919年，新干县的知识分子形成了守旧和革新两派。春末，守旧的一派在县立小学门口贴了一副攻击新文化的对联："大学堂，小学堂，不大不小学堂，学成是人是鬼？中教习，西教习，又中又西教习，教书非武非文。"横幅是："白菜变黄菜，只要把锅盖；黄菜变白菜，永世变不来。"邹努看后非常气愤，当即编了这首歌谣。

后　记

在中国共产党党史上,"早期"这个概念原来仅指"发生期",即 1921 年前后。但随着年轮频转、岁月延续,在中国共产党成立近 100 周年的今天,"早期"概念已经演变为"初期",时限已经扩大。因此我们认为中国共产党"早期"的起始应该是 1919 年至 1937 年抗日战争爆发前这一段时期。这一时期虽是中国共产党早期思想萌芽的阶段,共产党人的思想也进行过激烈的斗争,但他们在诗文中的理想、信念和精神是值得我们重温与铭记的。而诗文作为心灵和情感的真实记录和写照,认真搜集、整理和研究早期共产党人的诗文,不仅是十分必要的,也是很有意义的重要学术工程。因之,我们编选了《中国共产党人早期诗文选》。

《中国共产党人早期诗文选》收录了 1919 年至 1937 年加入中国共产党的党员在此期间创作的诗文,分诗歌卷(包括古体诗、现代诗、散文诗等)和散文卷(包括散文、书信、遗书、杂文、报告文学、绝命词、发刊词、政论、文论等),共 2 册。诗文优中选优,兼顾原创性、思想性和文学性,包括已经正式发表的和未正式发表的重要作品。原文过长者则适当截取其中精彩部分节选录入,以确保篇幅适中,整体和谐。选辑的诗文一般包括作者简介、诗文原文、注释部分等。作者简介部分包括作家生卒年月、个人经历,重点介绍其革命生涯;诗文原文部分,均录自初版或权威版本,并在文末注明出处;注释部分,对难解的字、词、句以及诗文创作背景、主旨大意做简要注释,以加深对诗文的理解、欣赏。部分诗文因通俗易懂,故未再做相关注释。

本书在编选和撰稿时参考了大量原版文献资料,也有近年来陆续出版的各种相关选本、文集,同时又对各种版本中出现的文字相异之处作了核校,在此对诗文原创者和相关编选者致以由衷的感谢!

在本书的具体编写过程中,不管是前期资料的收集、整理、录入,还是后期的编撰、校对，都离不开每一位参与者的付出与努力。具体名单如下（按姓氏拼音为序）：白芳、陈景、董然、樊萌、冯超、冯毓璇、高亚茹、韩惠欢、李国栋、李思、梁爽、刘洵月、毛海琴、王爱红、王奎、问宇星、吴妍、肖易寒、荀睿、荀羽昆、姚龙雪、张温卉、张瑶。他们有的业已毕业，走上了新的工作岗位；有的尚在学海拼搏，埋头苦读。在此真诚地感谢这些参与编撰的作者们，你们辛苦了！还要特别感谢出版社领导的关切和指导，以及编辑们的努力与督勉，在此一并致谢！

编者

2020 年 6 月